T R A N Z L A T Y

Language is for everyone

Jezik je za vsakogar

The Call of Cthulhu

Klic Cthulhuja

H.P. Lovecraft

English
Slovenščina

www.tranzlaty.com

The Horror Made of Clay
Groza iz gline

There is one thing I find particularly merciful.
Ena stvar se mi zdi še posebej usmiljena.
The inability of the human mind to correlate events.
Nezmožnost človeškega uma, da bi povezal dogodke.
It's a blessing that we can't understand the world.
Blagoslov je, da ne moremo razumeti sveta.
We live blissfully on a placid island of ignorance.
Blaženo živimo na mirnem otoku nevednosti.
An island in the midst of black seas of infinity.
Otok sredi črnih morij neskončnosti.
And it was not meant that we should voyage far.
In ni bilo mišljeno, da bi morali potovati daleč.
The sciences each strain in their own directions.
Vsaka znanost se usmerja v svojo smer.
But hitherto science's findings have harmed us little.
Vendar nam dosedanje znanstvene ugotovitve niso kaj dosti škodovale.
But some day dissociated knowledge will be pieced together.
Toda nekega dne se bo disociirano znanje sestavilo skupaj.
Terrifying vistas of reality will open up to us.
Odprli se nam bodo grozljivi razgledi na resničnost.
And we will be left in a frightful vantage point.
In ostali bomo na strašnem razglednem mestu.
We will either go mad from the revelation we are given.
Ali bomo zaradi razodetja, ki nam je dano, znoreli.
Or we will flee from the deadly light that we will see.
Ali pa bomo zbežali pred smrtonosno svetlobo, ki jo bomo videli.
We will run from the knowledge we had always pursued.
Bežali bomo pred znanjem, ki smo si ga vedno prizadevali.
And we will seek the peace and safety of a new dark age.
In iskali bomo mir in varnost nove temne dobe.
Theosophists have guessed at the scale of the cosmos.

Teozofi so ugibali o obsegu kozmosa.
Our world is but a transient incident in this cycle.
Naš svet je le minljiv dogodek v tem ciklu.
The human race plays but a little role in the universe.
Človeška rasa igra le majhno vlogo v vesolju.
The theosophists have hinted at strange methods of survival.
Teozofi so namigovali na nenavadne metode preživetja.
But their suggestions would freeze a rational man's blood.
Toda njihovi predlogi bi razumnemu človeku zmrazili kri.
Only the optimism of their ideas hides the horror.
Le optimizem njihovih idej prikriva grozo.
But it is not their ideas that chill me the most.
Ampak niso njihove ideje tisto, kar me najbolj zmrazi.
It is something else that fills me with terror.
Še nekaj me navdaja s grozo.
The single glimpse of forbidden eons I have seen.
Edini bežen vpogled v prepovedane eone, ki sem jih videl.
When I think of what I saw my blood stands still.
Ko pomislim na to, kar sem videl, se mi zastane kri.
Restlessness plagues my dreams since that glimpse.
Od tistega bežnega pogleda me v sanjah muči nemir.
It came to me like all dreaded glimpses of truth.
Prišlo mi je kot vsi strašni bežni bežni delčki resnice.
An accidental piecing together of separated things.
Nenamerno sestavljanje ločenih stvari.
An old newspaper item and the notes of a dead professor.
Star časopisni članek in zapiski pokojnega profesorja.
In a flash everything was pieced together before me.
V hipu se je vse sestavilo pred mano.
I hope no one else will accomplish this terrible insight.
Upam, da nihče drug ne bo dosegel tega groznega spoznanja.
Certainly, if I live, I shall never help anyone to know it.
Seveda, če bom živ, ne bom nikomur pomagal, da bi to
izvedel.
I shall never knowingly supply a link in so hideous a chain.
Nikoli zavestno ne bom dodal niti enega člena v tako gnusni
verigi.

I think that the professor, too, intended to keep silent.
Mislim, da je tudi profesor nameraval molčati.
He didn't mean to share the secrets that he knew.
Ni nameraval deliti skrivnosti, ki jih je poznal.
And I'm sure he would have destroyed his notes.
In prepričan sem, da bi svoje zapiske uničil.
If he had not been seized by sudden and suspicious death.
Če ga ne bi zadela nenadna in sumljiva smrt.

***

My knowledge of the thing began in the winter of 1926-27.
Moje znanje o tej stvari se je začelo pozimi 1926–27.
My great-uncle was the professor George Gammell Angell.
Moj prastric je bil profesor George Gammell Angell.
He was the Professor Emeritus of Semitic languages.
Bil je zaslužni profesor semitskih jezikov.
He lectured in Brown University, Providence, Rhode Island.
Predaval je na Univerzi Brown v Providencu na Rhode
Islandu.
His death, at the age of ninety-two, triggered the event.
Njegova smrt v starosti dvaindevetdesetih let je sprožila
dogodek.
**He was widely known as an authority on ancient
inscriptions.**
Bil je splošno znan kot strokovnjak za starodavne napise.
Heads of prominent museums came to him for his expertise.
Vodje uglednih muzejev so se k njemu obračali po njegovo
strokovno znanje.
So his death was noticed by many within academic circles.
Zato so njegovo smrt opazili mnogi v akademskih krogih.
Interest was intensified by the obscurity of his death.
Zanimanje je še okrepila nejasnost njegove smrti.
It occurred as he was disembarking from the Newport boat.
Zgodilo se je, ko se je izkrcal z ladje v Newportu.
**Witnesses say a dark nautical-looking fellow had jostled
him.**

Priče pravijo, da ga je porinil temnopolt moški mornarskega videza.

After being stricken, he fell suddenly, witnesses say.

Po udarcu je nenadoma padel, pravijo priče.

Physicians were unable to find any visible disorder.

Zdravniki niso mogli najti nobene vidne motnje.

After some perplexed debate they reached their conclusion.

Po nekaj zmedene razprave so prišli do svojega sklepa.

"It must have been a lesion of the heart," they agreed.

»Morala je biti poškodba srca,« so se strinjali.

"After all, he was rather an elderly man," they added.

"Navsezadnje je bil precej starejši moški," so dodali.

"the brisk ascent of the steep hill caused his end."

"Hiter vzpon na strm hrib je povzročil njegov konec."

At the time I saw no reason to dissent from this dictum.

Takrat nisem videl razloga, da bi se s to izreko ne strinjal.

But latterly I am inclined to wonder about their conclusion.

Vendar se nazadnje nagibam k temu, da se sprašujem o njihovem sklepu.

And I do more than just wonder if they were right.

In ne samo da se sprašujem, ali so imeli prav.

***

My grand-uncle died alone as a childless widower.

Moj prastric je umrl sam kot vdovec brez otrok.

And so I became heir and executor to his possessions.

In tako sem postal dedič in izvršitelj njegovega premoženja.

So I was expected to go over his papers and writings.

Torej se je od mene pričakovalo, da pregledam njegove dokumente in spise.

I moved his entire set of files and boxes to my Boston home.

Celoten komplet njegovih map in škatel sem preselil v svoj dom v Bostonu.

Much of the materials I collected will later be published.

Velik del zbranega gradiva bo kasneje objavljen.

Many academics in his field took great interest in his work.

Mnogi akademiki na njegovem področju so se zelo zanimali za njegovo delo.

The American archeological society relied on him greatly.

Ameriško arheološko društvo se je nanj zelo zanašalo.

But there was one box which I found exceedingly puzzling.

Ampak bila je ena škatla, ki se mi je zdela izjemno zmedena.

I felt much averse from showing these files to other eyes.

Zelo sem se izogibal temu, da bi te datoteke pokazal drugim.

The box had been locked, unlike the other boxes.

Škatla je bila zaklenjena, za razliko od drugih škatel.

And initially I found no key that would open this box.

In sprva nisem našel ključa, ki bi odprl to škatlo.

But then the location of the key occurred to me.

Potem pa mi je padla na pamet lokacija ključa.

The professor always carried a keyring in his pocket.

Profesor je vedno nosil v žepu obesek za ključe.

It was indeed one of these keys that opened the box.

Res je bil eden od teh ključev tisti, ki je odprl škatlo.

But in the box was a still more closely locked barrier.

Toda v škatli je bila še tesneje zaklenjena pregrada.

What could be the meaning of the queer bas-relief?

Kaj bi lahko pomenil ta nenavadni basrelief?

Various paper cuttings accompanied the bas-relief.

Basrelief so spremljali različni izrezki iz papirja.

What did the disjointed jottings and ramblings allude to?

Na kaj so namigovali nepovezani zapiski in nakladanja?

Had my uncle become credulous to superficial impostures?

Je moj stric postal lahkoveren površnim prevaram?

Perhaps in his later years his criticalness thought slowed.

Morda se je v poznejših letih njegova kritičnost upočasnila.

Someone had disturbed this old man's peace of mind.

Nekdo je zmotil duševni mir tega starca.

And so I resolved to locate the eccentric sculptor.

In tako sem se odločil, da poiščem ekscentričnega kiparja.

The man who set in motion my uncle's strange obsession.

Moški, ki je sprožil nenavadno obsesijo mojega strica.

***

The bas-relief was roughly shaped like a rectangle.
Basrelief je bil približno pravokotne oblike.
The rectangular shape was less than an inch thick.
Pravokotna oblika je bila debela manj kot centimeter.
And the bas-relief was about five by six inches in area.
In basrelief je bil velik približno pet krat šest centimetrov.
It was obvious that the bas-relief was of modern origin.
Očitno je bilo, da je basrelief sodobnega izvora.
The designs, however, were far from modern in atmosphere.
Vendar pa so bili modeli daleč od modernega vzdušja.
The inscriptions suggested a far older civilization.
Napisi so nakazovali na veliko starejšo civilizacijo.
The vagaries of cubism and futurism were many and wild.
Muhavosti kubizma in futurizma so bile številne in divje.
But normally such patterns fail to produce regularity.
Vendar takšni vzorci običajno ne ustvarijo pravilnosti.
The cryptic regularity which lurks in prehistoric writing.
Skrivnostna pravilnost, ki se skriva v prazgodovinski pisavi.
This regularity was certainly present in the bas-relief.
Ta pravilnost je bila zagotovo prisotna v basreliefu.
I was certain the inscriptions represented a writing system.
Bil sem prepričan, da napisi predstavljajo pisni sistem.
I had some familiarity with the papers of my uncle.
Nekaj sem poznal dokumente svojega strica.
And I had looked through all of his collections and works.
In pregledal sem vse njegove zbirke in dela.
But I failed to find any writing that was similar.
Vendar nisem našel nobenega podobnega besedila.
I could not geographically place this alphabet in any way.
Te abecede nisem mogel geografsko umestiti na noben način.
Nor could I guess from what time this writing came from.
Prav tako nisem mogel uganiti, iz katerega časa izvira ta zapis.
Above these apparent hieroglyphics there was a figure.
Nad temi očitnimi hieroglifi je bila figura.
The figure was evidently only of pictorial intent.

Figura je bila očitno le slikovnega pomena.
The impressionism of the picture added to the mystery.
Impresionizem slike je še povečal skrivnostnost.
No clear idea of the creature's nature could be discerned.
Jasne predstave o naravi bitja ni bilo mogoče razbrati.
The creature seemed to be a monster, of some sort.
Bitje je bilo videti kot nekakšna pošast.
Or the symbol represented a monster, of some sort.
Ali pa je simbol predstavljal nekakšno pošast.
Only a diseased mind could conceive of such a form.
Samo bolan um si lahko zamisli takšno obliko.
My imagination yielded different pictures simultaneously.
Moja domišljija je hkrati rojevala različne slike.
But my imagination may also be somewhat extravagant.
Ampak moja domišljija je lahko tudi nekoliko ekstravagantna.
An octopus, a dragon, and also a human caricature.
Hobotnica, zmaj in tudi človeška karikatura.
I shall try not be unfaithful to the spirit of the thing.
Trudil se bom, da ne bom nezvest duhu stvari.
A pulpy, tentacled head surmounted a scaly body.
Mesnata, lovkasta glava je krasila luskasto telo.
Rudimentary wings protruded from the grotesque shape.
Iz groteskne oblike so štrlela rudimentarna krila.
But the shape of the monster wasn't even the worst part.
A oblika pošasti niti ni bila najhujši del.
The background of the picture was even more frightening.
Ozadje slike je bilo še bolj strašljivo.
The scenery had a vague suggestion of another civilization.
Pokrajina je dajala nejasen vtis o drugi civilizaciji.
Cyclopean architecture from a forgotten part of the world.
Kiklopska arhitektura iz pozabljenega dela sveta.

***

Only some notes and press cuttings accompanied the oddity.
Nenavadnost je spremljalo le nekaj zapiskov in izrezkov iz
časopisov.

The press cuttings seemed to be only vaguely related.
Zdelo se je, da so bili izrezki iz časopisov le bežno povezani.
The hand written notes were all from my uncle.
Vsa ročno napisana sporočila so bila od mojega strica.
But his notes made no pretense to any literary style.
Vendar se njegovi zapiski niso pretvarjali, da pripadajo kateremu koli literarnemu slogu.
There was no ordering mechanism to any of the papers.
Za noben od dokumentov ni bilo mehanizma za naročanje.
Although there seemed to be a master document to the notes.
Čeprav se je zdelo, da obstaja glavni dokument zapiskov.
This document was ascribed to the cult of Cthulhu
Ta dokument je bil pripisan kultu Cthulhuja.
The word's letters had been painstakingly written out.
Črke besede so bile skrbno napisane.
There should be no erroneous reading of the unheard of word.
Ne bi smelo biti napačnega branja neslišane besede.
This Cthulhu manuscript was divided into two sections;
Ta rokopis Cthulhuja je bil razdeljen na dva dela;
The first manuscript was titled the following:
Prvi rokopis je imel naslednji naslov:
"1925 - Dream and Dream Work of H. A. Wilcox"
"1925 - Sanje in sanjsko delo H. A. Wilcoxa"
"7 Thomas St., Providence, Road Island"
"7 Thomas St., Providence, Road Island"
And the second manuscript was titled the following:
In drugi rokopis je imel naslednji naslov:
"Narrative of Inspector John R. Legrasse"
"Pripoved inšpektorja Johna R. Legrassa"
"121 Bienville St., New Orleans, 1908 Meetings."
"121 Bienville St., New Orleans, srečanja leta 1908."
"Notes on Same, & Prof. Webb's account of events"
"Opombe o istem in poročilo prof. Webba o dogodkih"
The other manuscript papers were all brief notes.
Vsi ostali rokopisni dokumenti so bili kratki zapiski.

Some manuscripts described the queer dreams of different persons.

Nekateri rokopisi so opisovali nenavadne sanje različnih oseb.

Some manuscripts cited from theosophical books and magazines.

Nekateri rokopisi so citirani iz teozofskih knjig in revij.

Notably, most of these citations were from W. Scott-Eliott.

Omeniti velja, da je bila večina teh citatov iz W. Scott-Eliotta.

Mainly the notes referenced Atlantis and the Lost Lemuria.

V zapiskih so se večinoma sklicevali na Atlantido in izgubljeno Lemurijo.

The other notes commented on long-surviving secret societies.

Drugi zapiski so komentirali dolgo obstoječe tajne družbe.

Hidden cults that may or may not still exist somewhere.

Skriti kulti, ki morda še obstajajo nekje, morda pa tudi ne.

Two books seemed to provide most of the information;

Zdelo se je, da večino informacij nudita dve knjigi;

Miss Murray's Witch-Cult in Western Europe.

Čarovniški kult gospodične Murray v zahodni Evropi.

This book thoroughly detailed Mythological sources.

Ta knjiga je podrobno opisala mitološke vire.

And Frazer's Golden Bough provided anthropological sources.

In Frazerjeva Zlata veja je zagotovila antropološke vire.

***

The cuttings largely alluded to outré mental illnesses.

Izrezki so večinoma namigovali na ekstremne duševne bolezni.

Outbreaks of group folly and mania in the spring of 1925.

Izbruhi skupinske norosti in manije spomladi 1925.

The first half of the manuscript told a very peculiar tale.

Prva polovica rokopisa je pripovedovala zelo nenavadno zgodbo.

1925, the 1st of March, a thin dark young man came to my uncle.
Prvega marca 1925 je k mojemu stricu prišel suh temnopolt mladenič.
The manuscript describes his neurotic and excited aspect.
Rokopis opisuje njegov nevrotičen in vznemirjen aspekt.
And he bore with him the strange bas-relief.
In s seboj je nosil nenavadni basrelief.
At that time the bas-relief was exceedingly damp and fresh.
Takrat je bil basrelief izjemno vlažen in svež.
His card bore the name of Henry Anthony Wilcox.
Na njegovi vizitki je pisalo ime Henry Anthony Wilcox.
And my uncle had slightly recognized who he was.
In moj stric ga je rahlo prepoznal.
He was the youngest son of an excellent family.
Bil je najmlajši sin v odlični družini.
Latterly he had been studying sculpture at Rhode Island.
Nazadnje je študiral kiparstvo na Rhode Islandu.
He lived alone at the Fleur-de-Lys Building.
Živel je sam v stavbi Fleur-de-Lys.
His residences were near the university.
Njegovi domovi so bili v bližini univerze.
Wilcox was a precocious youth of known genius.
Wilcox je bil prezgodaj nadarjen mladenič, znanega kot genij.
But he was also known for his great eccentricity.
Bil pa je znan tudi po svoji veliki ekscentričnosti.
From childhood he had excited the attention of others.
Že od otroštva je vzbujal pozornost drugih.
He told of strange stories no one had told him about.
Pripovedoval je o čudnih zgodbah, o katerih mu ni nihče povedal.
And he was in the habit of relating strange dreams.
In imel je navado pripovedovati čudne sanje.
He described himself as "psychically hypersensitive".
Opisal se je kot "psihično preobčutljiv".
But those around him had other descriptions for him.
Toda tisti okoli njega so ga opisali drugače.

They were staid folk of the ancient commercial city.
Bili so umirjeni ljudje starodavnega trgovskega mesta.
And they dismissed him as merely strange and "queer".
In ga so odpisali kot zgolj čudnega in "čudnega".
And so he never mingled much with his kind.
In zato se ni nikoli veliko družil s sebi podobnimi.
And he had dropped gradually from social visibility.
In postopoma je izgubljal družbeno prepoznavnost.
Now he is known only to a small group of esthetes.
Zdaj ga pozna le majhna skupina estetcev.
And those who knew him came mostly from other towns.
In tisti, ki so ga poznali, so prihajali večinoma iz drugih mest.
Even the Providence art club had found him quite hopeless.
Celo umetniški klub v Providencu ga je imel za precej
brezupnega.
Of course they were anxious to preserve their conservatism.
Seveda so si prizadevali ohraniti svojo konzervativnost.

***

The professor's manuscript continued to describe the visit.
Profesorjev rokopis je nadaljeval z opisom obiska.
**The sculptor abruptly asked for his host's archeological
knowledge.**
Kipar je nenadoma vprašal gostitelja o arheološkem znanju.
**He wanted him to identify the hieroglyphics on the bas-
relief.**
Želel je, da prepozna hieroglife na bareliefu.
He spoke in a dreamy and rather stilted manner.
Govoril je sanjavo in precej zadržano.
His speech suggested pose and alienated sympathy.
Njegov govor je nakazoval pozo in odtujeno sočutje.
And my uncle showed some sharpness in his reply.
In moj stric je v svojem odgovoru pokazal nekaj ostrine.
Because the bas-relief was still conspicuously freshness.
Ker je bil basrelief še vedno opazno svež.
So there was no need for any kinship with archeology.

Torej ni bilo potrebe po kakršni koli sorodstveni povezavi z arheologijo.

Young Wilcox's rejoinder was of a fantastically poetic cast.

Odgovor mladega Wilcoxa je bil fantastično poetično zastavljen.

My uncle must have been impressed with the reply.

Odgovor je moral na strica narediti vtis.

And he recorded the reply of Wilcox verbatim.

In Wilcoxov odgovor je zapisal dobesedno.

"The bas-relief is indeed still conspicuously fresh."

"Barelief je res še vedno opazno svež."

"Because I made this bas-relief last night, after a dream."

"Ker sem ta basrelief naredil sinoči, po sanjah."

"A dream of strange cities and stranger people."

"Sanje o čudnih mestih in čudnih ljudeh."

"And dreams are older than brooding Tyros."

"In sanje so starejše od mračnih Tirosov."

"Dreams are older than the contemplative Sphinx."

"Sanje so starejše od kontemplativne Sfinge."

"And dreams are older than the garden-girdled Babylon."

"In sanje so starejše od z vrtovi obdanega Babilona."

This type of speech turned out to be characteristic of him.

Ta vrsta govora se je izkazala za značilno zanj.

It was then that he began that rambling tale.

Takrat je začel tisto dolgovezno zgodbo.

The tale which suddenly played upon a sleeping memory.

Zgodba, ki je nenadoma obujala speči spomin.

The tale that won the fevered interest of my uncle.

Zgodba, ki je vzbudila vročično zanimanje mojega strica.

***

There had been a slight earthquake tremor the night before.

Prejšnjo noč je bil rahel potres.

The most considerable tremor New England had felt for some years.

Najhujši potres, ki ga je Nova Anglija občutila v zadnjih nekaj letih.

Wilcox's imagination had been keenly affected by the earthquake.

Wilcoxova domišljija je bila močno prizadeta zaradi potresa.

He had had an unprecedented dream of great Cyclopean cities.

Imel je neprimerljive sanje o velikih kiklopskih mestih.

He dreamed of Titan blocks and sky-flung monoliths.

Sanjal je o blokih Titana in monolitih, vrženih v nebo.

All the architecture was dripping with green ooze.

Vsa arhitektura je bila prepojena z zeleno sluzjo.

And his dreams were sinister with latent horror.

In njegove sanje so bile zlovešče od prikrite groze.

Hieroglyphics had covered the walls and pillars.

Stene in stebre so prekrivali hieroglifi.

From somewhere underneath there came a sound.

Od nekje spodaj se je zaslišal zvok.

The sound was of a voice, but it was not a voice.

Zvok je bil glas, vendar ni bil glas.

A chaotic sensation which only fancy could transmute into sound.

Kaotičen občutek, ki ga je le domišljija lahko preobrazila v zvok.

He attempted to say the almost unpronounceable word.

Poskušal je izgovoriti skoraj neizgovorljivo besedo.

A jumble of unlikely letters; "Cthulhu fhtagn".

Zmešnjava neverjetnih črk; "Cthulhu fhtagn".

This verbal jumble was the key to my uncle's recollection.

Ta besedna zmešnjava je bila ključ do stričevega spomina.

This strange sound excited and disturbed Professor Angell.

Ta čuden zvok je vznemirjal in motil profesorja Angella.

He questioned the sculptor with scientific minuteness.

Kiparja je spraševal z znanstveno natančnostjo.

He studied the bas-relief with almost frantic intensity.

Basrelief je preučeval s skoraj mrzlično intenzivnostjo.

My uncle blamed his old age, Wilcox afterward said.

»Moj stric je za to krivil svojo starost,« je kasneje dejal Wilcox.
In his younger days he would have recognized the hieroglyphics.
V mlajših letih bi prepoznal hieroglife.
The pictorial design wouldn't have puzzled his sharper mind.
Slikovna zasnova ne bi zmedla njegovega ostrejšega uma.
Many of his questions seemed highly out of place to his visitor.
Mnoga njegova vprašanja so se obiskovalcu zdela zelo neprimerna.
He tried to connect him to strange mythological cults.
Poskušal ga je povezati s čudnimi mitološkimi kulti.
He tried to get him to admit affiliation to secret societies.
Poskušal ga je prepričati, da prizna pripadnost tajnim društvom.
My uncle even promised to keep his visitor's secret.
Moj stric je celo obljubil, da bo obiskovalčevo skrivnost ohranil v tajnosti.
"Are you not part of a widespread mystical group?"
"Ali nisi del razširjene mistične skupine?"
"Are you not a member of a paganly religious body?"
"Ali nisi član poganske verske skupnosti?"
Eventually he became convinced the sculptor wasn't a member.
Sčasoma se je prepričal, da kipar ni član.
He was indeed ignorant of any cult or system of cryptic lore.
Dejansko ni poznal nobenega kulta ali sistema kriptičnega izročila.
He besieged his visitor with demands for future reports of dreams.
Obiskovalca je zasul z zahtevami po prihodnjih poročilih o sanjah.
This strange request bore regular and interesting fruit.
Ta nenavadna prošnja je redno obrodila zanimive sadove.

***

After the first interview the manuscript records daily calls.

Po prvem intervjuju rokopis beleži dnevne klice.

He related startling fragments of nocturnal imagery.

Povedal je osupljive fragmente nočnih podob.

There were always the same themes in his dreams.

V njegovih sanjah so bile vedno iste teme.

A terrible Cyclopean vista of dark and dripping stone.

Grozljiv kiklopski razgled na temno in kapljavo kamenje.

A subterranean voice or intelligence shouting monotonously.

Podzemni glas ali inteligenca, ki monotono kriči.

Two sounds seemed to repeat themselves in his dreams.

V sanjah se mu je zdelo, da se dva zvoka ponavljata.

But these sounds were as enigmatic as the other sounds.

Toda ti zvoki so bili prav tako skrivnostni kot drugi zvoki.

The sounds can only be rendered by the letters "Cthulhu" and "R'lyeh".

Zvoki se lahko izgovorijo le s črkama "Cthulhu" in "R'lyeh".

On March 23rd, the manuscript continued, Wilcox failed to come.

Rokopis nadaljuje, da Wilcox 23. marca ni prišel.

My uncle made inquiries at the quarters of his whereabouts.

Moj stric je povprašal po njegovem prebivališču.

That night he had been stricken with an obscure sort of fever.

Tisto noč ga je zadela nekakšna nejasna vročina.

And he was taken to the home of his family in Waterman Street.

In odpeljali so ga v dom njegove družine na ulici Waterman.

That night he had cried out in one of his dreams.

Tisto noč je v eni od svojih sanj zajokal.

His cries aroused several other artists in the building.

Njegovi kriki so zbudili več drugih umetnikov v stavbi.

And he was between alternations of unconsciousness and delirium.

In bil je med menjavami nezavesti in delirija.

My uncle at once telephoned the family of Wilcox.

Moj stric je takoj poklical družino Wilcoxovih.

And from that time forward he kept close watch of the case.

In od takrat naprej je primer pozorno spremljal.

He called often at the Thayer Street office of Dr. Tobey.

Pogosto je obiskoval ordinacijo dr. Tobeyja na ulici Thayer.

Dr. Tobey was in charge of the patient's condition.

Dr. Tobey je bil odgovoren za bolnikovo stanje.

The youth's febrile mind was dwelling on strange things.

Mladeničev vročični um je premišljeval o čudnih stvareh.

The doctor shuddered now and then as he spoke of the dreams.

Zdravnik se je tu in tam stresel, ko je govoril o sanjah.

The dreams repeated a lot of the earlier themes.

Sanje so ponavljale veliko prejšnjih tem.

But now his dreams made mention of something new.

Toda zdaj so njegove sanje omenjale nekaj novega.

A gigantic thing "a miles high" which walked, or lumbered about.

Gigantska stvar, "visoka miljo", ki je hodila ali se okorno premikala naokoli.

He at no time fully described this object in any detail.

Tega predmeta ni nikoli podrobno opisal.

But Dr. Tobey relayed the frantic words of his patient.

Toda dr. Tobey je posredoval panične besede svojega pacienta.

And the professor became increasingly certain of what it was.

In profesor je postajal vse bolj prepričan, kaj je to.

The nameless monstrosity he had sought to depict in his sculpture.

Neimenovana pošast, ki jo je želel upodobiti v svoji skulpturi.

The doctor had mentioned the bas-relief he had made.

Zdravnik je omenil basrelief, ki ga je naredil.

This mention preludes the young man's subsidence into lethargy.

Ta omemba napoveduje mladeničevo pogrezanje v letargijo.

His temperature, oddly enough, was not greatly above normal.

Njegova temperatura, nenavadno, ni bila bistveno nad normalno.

But his general condition suggested he was in a fever.

Toda njegovo splošno stanje je nakazovalo, da ima vročino.

A fever, as opposed to being in the grasp of a mental disorder.

Vročina, v nasprotju z duševno motnjo.

***

On April 2nd at about 3 p.m. the fever came to an end.

Drugega aprila okoli 15. ure je vročina popustila.

Every trace of Wilcox's malady suddenly ceased.

Vsaka sled Wilcoxove bolezni je nenadoma izginila.

He sat upright in bed as if waking up from regular sleep.

Sedel je vzravnano v postelji, kot da bi se prebujal iz običajnega spanca.

He was astonished to find himself at his parents' home.

Bil je presenečen, ko se je znašel v hiši svojih staršev.

And he was completely ignorant of what had happened.

In popolnoma ni vedel, kaj se je zgodilo.

Neither dream nor reality had made an impression on his mind.

Niti sanje niti resničnost se nista dotaknili njegovega uma.

Dr. Tobey pronounced him fit to be dismissed from his care.

Dr. Tobey ga je razglasil za primernega za odpustitev iz oskrbe.

And he returned to his quarters three days later.

In tri dni kasneje se je vrnil v svoje bivališče.

But to Professor Angell he was of no further assistance.

Toda profesorju Angellu ni bil več v pomoč.

All traces of strange dreaming had vanished with his recovery.

Z njegovim okrevanjem so izginile vse sledi čudnih sanj.

For a week he recounted irrelevant and thoroughly usual visions.

Cel teden je pripovedoval nepomembne in povsem običajne vizije.

And my uncle kept no further record of his night-thoughts.

In moj stric si ni več zapisoval svojih nočnih misli.

At this point the first part of the manuscript ended.

Na tej točki se je prvi del rokopisa končal.

But my research was still anything but concluded.

Vendar moja raziskava še zdaleč ni bila zaključena.

References to scattered notes helped piece things together.

Sklici na razpršene zapiske so pomagali sestaviti stvari skupaj.

And there was more than enough material for thought.

In snovi za razmišljanje je bilo več kot dovolj.

My distrust of the artist had still not subsided.

Moje nezaupanje do umetnika se še ni poleglo.

But this was largely a result of my ingrained skepticism.

Ampak to je bilo v veliki meri posledica mojega globoko zakoreninjenega skepticizma.

The notes described the dreams of various persons.

V zapiskih so bile opisane sanje različnih oseb.

These dreams all occurred while young Wilcox was in his fever.

Vse te sanje so se zgodile, ko je bil mladi Wilcox v vročini.

My uncle, it seems, wasted no time in collecting the data.

Zdi se, da moj stric ni izgubljal časa z zbiranjem podatkov.

He had quickly instituted a prodigiously far-flung body of inquiries.

Hitro je sprožil izjemno obsežno preiskavo.

Any friend that didn't show impertinence he questioned.

Vsakega prijatelja, ki ni pokazal predrznosti, je zaslišal.

He requested from them nightly reports of their dreams.

Zahteval je od njih nočna poročila o njihovih sanjah.

And he asked if they had had any notable visions of late.

In vprašal je, ali so imeli v zadnjem času kakšna omembe vredna videnja.

The reception of his request seems to have been varied.

Zdi se, da je bil sprejem njegove prošnje raznolik.
But there was certainly no shortage in replies.
A odgovorov zagotovo ni manjkalo.
No ordinary man could have handled the replies alone.
Noben navaden človek ne bi mogel sam rešiti odgovorov.
The original correspondences were not preserved.
Izvirna korespondenca se ni ohranila.
But his notes formed a thorough and significant digest.
Toda njegovi zapiski so tvorili temeljit in pomemben povzetek.

***

Initially he had approached average people in society.
Sprva se je obračal na povprečne ljudi v družbi.
New England's traditional "salt of the earth".
Tradicionalna "sol zemlje" Nove Anglije.
But this group gave an almost completely negative result.
Toda ta skupina je dala skoraj popolnoma negativen rezultat.
Though there were some exceptions to this group too.
Čeprav je bilo tudi v tej skupini nekaj izjem.
Scattered cases of uneasy but formless nocturnal impressions.
Razpršeni primeri nemirnih, a brezobličnih nočnih vtisov.
Their reports were always between March 23rd and April 2nd.
Njihova poročila so bila vedno med 23. marcem in 2. aprilom.
This aligned with the same period of young Wilcox's delirium.
To se je ujemalo z istim obdobjem delirija mladega Wilcoxa.
Men of science had been only a little more affected.
Znanstveniki so bili le malo bolj prizadeti.
Though four cases of vague description were of interest.
Čeprav so bili zanimivi štirje primeri z nejasnim opisom.
They had had fugitive glimpses of strange landscapes.
Imeli so bežne poglede na nenavadne pokrajine.

And in one case a dread of something abnormal was mentioned.

In v enem primeru je bil omenjen strah pred nečim nenavadnim.

It was from the artists and poets that the pertinent answers came.

Ustrezni odgovori so prišli od umetnikov in pesnikov.

It is a blessing no one had been able to compare notes.

Blagoslov je, da nihče ni mogel primerjati zapiskov.

Panic would have broken loose had they shared their visions.

Če bi delili svoje vizije, bi izbruhnila panika.

This, however, did not dispel my ingrained skepticism.

Vendar to ni odpravilo mojega globoko zakoreninjenega skepticizma.

Others might have come to mythical conclusions much quicker.

Drugi bi morda do mitoloških zaključkov prišli veliko hitreje.

But the original letters were lacking from the notes.

Vendar so v zapiskih manjkale originalne črke.

I half suspected the compiler of having asked leading questions.

Skoraj sem sumil, da je sestavljalec postavil sugestivna vprašanja.

Or perhaps the correspondences weren't entirely original.

Ali pa morda korespondence niso bile povsem izvirne.

Perhaps my uncle had resolved to confirm Wilcox's dreams.

Morda se je moj stric odločil, da bo potrdil Wilcoxove sanje.

That is why I continued to feel suspicious of the sculptor.

Zato sem še naprej sumil do kiparja.

Perhaps he was still cognizant of my uncle's old data.

Morda je bil še vedno seznanjen s starimi podatki mojega strica.

Perhaps he had been imposing on the veteran scientist.

Morda je bil vsiljiv veteranskemu znanstveniku.

Nonetheless, the corroborating data had to be investigated.

Kljub temu je bilo treba preveriti podporne podatke.

***

The responses from the esthetes told a disturbing tale.
Odzivi estetcev so pripovedovali zaskrbljujočo zgodbo.
From February 28th to April 2nd their dreams aligned.
Od 28. februarja do 2. aprila so se njune sanje poravnale.
And a large proportion of them had dreamed very bizarre things.
In velik delež jih je sanjal zelo nenavadne stvari.
The timing of the intensity of their dreams was also of interest.
Zanimiv je bil tudi čas intenzivnosti njihovih sanj.
The period of the sculptor's delirium marked a highpoint.
Obdobje kiparjevega delirija je zaznamovalo vrhunec.
The intensity of their dreams were immeasurably the stronger.
Intenzivnost njihovih sanj je bila neizmerno močnejša.
Over a quarter reported unfamiliar and unpronounceable sounds.
Več kot četrtina jih je poročala o neznanih in neizgovorljivih glasovih.
Noises not dissimilar to what Wilcox had also described.
Zvoki, ki niso bili drugačni od tistih, ki jih je opisal tudi Wilcox.
Some described highly elaborate and impossible architecture.
Nekateri so opisovali zelo dovršeno in nemogočo arhitekturo.
And some of the dreamers confessed to an acute fear.
In nekateri sanjači so priznali močan strah.
Like Wilcox, they had seen some gigantic nameless thing.
Tako kot Wilcox so tudi oni videli neko ogromno brezimeno stvar.
One case, which the note describes with emphasis, was very sad.
En primer, ki ga zapis opisuje s poudarkom, je bil zelo žalosten.

The subject was a widely known architect of the region.
Motiv je bil v regiji splošno znan arhitekt.
He too had leanings toward theosophy and occultism.
Tudi on se je nagibal k teozofiji in okultizmu.
This man went violently insane on March the 22nd.
Ta moški je 22. marca hudo znorel.
The exact same date of young Wilcox's seizure.
Točno isti datum kot napad mladega Wilcoxa.
He expired several months later, after incessant screaming.
Nekaj mesecev kasneje je umrl po nenehnem kričanju.
He begged to be saved from some escaped denizen of hell.
Prosil je, da bi ga rešili pred nekim pobeglim prebivalcem pekla.
Regrettably, my uncle did not refer to these cases by name.
Žal moj stric teh primerov ni omenil po imenu.
Instead, all studies were given nothing more than a number.
Namesto tega so vse študije dobile le številko.
This way I was limited in attempting any personal investigation.
Na ta način sem bil omejen pri poskusih kakršne koli osebne preiskave.
And corroborating the evidence further was demanding.
In nadaljnja potrditev dokazov je bila zahtevna.
But finally I did succeed in tracing down some cases.
A končno mi je uspelo izslediti nekaj primerov.
I should have trusted the notes from my uncle.
Moral bi zaupati zapiskom svojega strica.
They reported their dreams true to their reports.
Poročali so, da so njihove sanje resnične.
I have often wondered what they thought the questioning meant.
Pogosto sem se spraševal, kaj si mislijo, da pomeni to spraševanje.
It is for the best that no explanation shall ever reach them.
Najbolje je, da do njih nikoli ne pride nobena razlaga.

***

As I have mentioned, my uncle also collected press clippings.

Kot sem že omenil, je tudi moj stric zbiral izrezke iz časopisov.

These press clippings corresponded to the dates in question.

Ti izrezki iz časopisov so ustrezali zadevnim datumom.

The sources were scattered throughout the globe.

Viri so bili raztreseni po vsem svetu.

Professor Angell must have employed a cutting bureau.

Profesor Angell je moral najeti krojaški biro.

Because the number of extracts was tremendous.

Ker je bilo število izvlečkov ogromno.

There was a parallel to this part of his research.

S tem delom njegove raziskave je obstajala vzporednica.

Cases of panic, mania, and eccentricity.

Primeri panike, manije in ekscentričnosti.

One case was a nocturnal suicide in London.

En primer je bil nočni samomor v Londonu.

A lone sleeper had leaped from a window after a shocking cry.

Osamljeni spanec je po pretresljivem kriku skočil skozi okno.

A rambling letter to the editor of a paper in South America.

Neobičajno pismo uredniku časopisa v Južni Ameriki.

A fanatic deduces a dire future from visions he had had.

Fanatik si iz vizij, ki jih je imel, predstavlja mračno prihodnost.

A dispatch from California describes a theosophist colony.

Depeša iz Kalifornije opisuje teozofsko kolonijo.

They donned white robes en masse for some "glorious fulfilment".

Množice so si nadeli bele halje za neko "slavno izpolnitev".

Although that "glorious fulfilment" never arose.

Čeprav do te "slavne izpolnitve" ni nikoli prišlo.

There seems to be serious unrest from the natives in India.

Zdi se, da so v Indiji med domačini resni nemiri.

Voodoo orgies multiplied in Haiti.

Vudujske orgije so se na Haitiju pomnožile.

African outposts report ominous mutterings.

Afriške postojanke poročajo o zloveščih mrmranjih.
American officers in the Philippines find certain tribes bothersome.
Ameriški častniki na Filipinih se nekatera plemena zdijo moteča.
New York policemen are mobbed by hysterical Levantines.
Newyorške policiste obkolijo histerični Levantinci.
This occurred exactly on the night of March 22-23.
To se je zgodilo natanko v noči z 22. na 23. marec.
The west of Ireland, too, was full of wild rumor and legendry.
Tudi zahod Irske je bil poln divjih govoric in legend.
A fantastic painter named Ardois-Bonnot made the news in France.
Fantastičen slikar po imenu Ardois-Bonnot je postal znan v Franciji.
He hung a blasphemous dream landscape in the Paris spring salon.
V pariškem spomladanskem salonu je obesil bogokletno sanjsko pokrajino.
The recorded troubles in insane asylums were immeasurable.
Zabeležene težave v norišnicah so bile neizmerljive.
A miracle must have kept the medical fraternities unsuspecting.
Čudež je moral ohraniti zdravniške bratovščine pri miru.
But they never noted the strange parallelisms of the cases.
Vendar niso nikoli opazili nenavadnih vzporednic med primeri.
Else they too would have come to mystified conclusions.
Sicer bi tudi oni prišli do zmedenih zaključkov.
I must confess these were indeed a set of weird paper cuttings.
Moram priznati, da je bil to res niz čudnih papirnatih izrezkov.
My uncle had put forward a convincing argument.
Moj stric je predstavil prepričljiv argument.

I can't explain how I set the evidence aside.
Ne morem razložiti, kako sem dokaze zavrgel.
But my callous rationalism took the upper hand.
Toda moj brezčutni racionalizem je prevladal.
And I was still suspicious of the young sculptor, Wilcox.
In še vedno sem bil sumničav do mladega kiparja Wilcoxa.
He must have known of the older matters mentioned by the professor.
Verjetno je vedel za starejše zadeve, ki jih je omenil profesor.

The Tale of Inspecter Legrasse
Zgodba o inšpektorju Legrassu

Let me turn your attention away from the young sculptor.
Naj vašo pozornost odvrnem od mladega kiparja.
And let us focus on the second half of the manuscript.
In osredotočimo se na drugo polovico rokopisa.
A few dreams alone would not have been so significant.
Nekaj sanj samo po sebi ne bi bilo tako pomembnih.
The bas-relief could have been dismissed as a hoax.
Bas-relief bi lahko zavrgli kot prevaro.
But my uncle had previously been primed to take interest.
Ampak moj stric je bil že prej pripravljen pokazati zanimanje.
Wilcox's dream seemed to have a link to past events.
Zdelo se je, da so Wilcoxove sanje povezane s preteklimi dogodki.
It wasn't the first time that he had heard that word.
Ni bilo prvič, da je slišal to besedo.
The ominous syllables perhaps written as "Cthulhu".
Zlovešči zlogi, morda zapisani kot "Cthulhu".
He had seen and heard of similar descriptions before.
Podobne opise je že videl in slišal.
The hellish outlines of the nameless monstrosity.
Peklenski obrisi neimenovane pošasti.
He had previously puzzled over the same hieroglyphics.
Prej si je delal težave z istimi hieroglifi.
All this produced a horrible connection of events.
Vse to je ustvarilo grozljivo povezavo dogodkov.
It is no wonder he pursued young Wilcox with queries.
Ni čudno, da je mladega Wilcoxa zasledoval z vprašanji.
And we must not be surprised he interrogated Wilcox so.
In ne smemo biti presenečeni, da je Wilcoxa tako zasliševal.
This earlier experience had come in the year of 1908.
Ta zgodnejša izkušnja se je zgodila leta 1908.
Seventeen years before Wilcox came to my great-uncle.
Sedemnajst let preden je Wilcox prišel k mojemu prastricu.
The archeological society were meeting in St. Louis.

Arheološko društvo se je sestajalo v St. Louisu.
Professor Angell had a prominent part in the deliberations.
Profesor Angell je imel pomembno vlogo v razpravah.
His responsibilities befitted one of his authority.
Njegove odgovornosti so ustrezale človeku z njegovo
avtoriteto.
**He was one of the first to be approached by several
outsiders.**
Bil je eden prvih, h kateremu se je približalo več zunanjih
ljudi.
They took advantage of the convocation to offer questions.
Sklic so izkoristili za postavljanje vprašanj.
They hoped for correct answering from an expert.
Upali so na pravilen odgovor strokovnjaka.
They each had very peculiar types of problems.
Vsak od njih je imel zelo svojevrstne težave.
And they required very different types of solutions.
In zahtevali so zelo različne vrste rešitev.
The chief of these was a common-looking middle-aged man.
Vodja teh je bil navaden moški srednjih let.
And he quickly became the meeting's focus of interest.
In hitro je postal v središču zanimanja srečanja.

***

He had traveled to St. Louis all the way from New Orleans.
V St. Louis je pripotoval vse od New Orleansa.
He had come to the meeting for special information.
Na sestanek je prišel zaradi posebnih informacij.
Knowledge that could not be unobtained from local source.
Znanje, ki ga ni bilo mogoče pridobiti iz lokalnih virov.
His name was John Raymond Legrasse, police inspector.
Ime mu je bilo John Raymond Legrasse, policijski inšpektor.
He bore with him the mysterious subject of his inquiries.
S seboj je nosil skrivnostni predmet svojih preiskav.
A grotesque and apparently very ancient stone statuette.
Groteskna in očitno zelo starodavna kamnita kipka.

A statuette whose origin no one had been able to determine.
Kip, katerega izvora nihče ni mogel ugotoviti.
But don't assume Inspector Legrasse was an archeologist.
Ampak ne domnevajte, da je bil inšpektor Legrasse arheolog.
He had very little interest in archeology, nor mythology.
Arheologija in mitologija ga nista zanimali prav veliko.
**His wish for enlightenment had rather different
motivations.**
Njegova želja po razsvetljenju je imela precej drugačne motive.
**He was prompted to come by purely professional
considerations.**
K prihodu so ga spodbudili zgolj profesionalni razlogi.
The statuette had been captured as part of a police raid.
Kipec je bil zasežen med policijsko racijo.
Although whether it was even a statuette wasn't determined.
Čeprav ni bilo ugotovljeno, ali je sploh šlo za kipec.
It could also have been an idol, magic fetish, or charm.
Lahko bi bil tudi idol, magični fetiš ali amulet.
**Whatever it was, it had been captured some months
previously.**
Karkoli že je bilo, je bilo ujeto nekaj mesecev prej.
**A meeting was being held in the wooded swamps of New
Orleans.**
V gozdnatih močvirjih New Orleansa je potekal sestanek.
**The police had been tipped of about a supposed voodoo
meeting.**
Policija je bila obveščena o domnevnem srečanju vudujev.
Strange and hideous rites connected with the voodoo circle.
Čudni in grozljivi obredi, povezani z vudujskim krogom.
The police could not but realize what they had stumbled on.
Policija se ni mogla ne zavedati, na kaj je naletela.
A dark cult previously totally unknown to the authorities.
Temni kult, ki je bil prej oblastem popolnoma neznan.
Infinitely more sinister than what an outsider could expect.
Neskončno bolj zlovešče, kot bi lahko pričakoval zunanji
opazovalec.

More diabolic than the blackest of the African voodoo circles.
Bolj diabolično kot najčrnejši afriški vudujski krogi.
Unbelievable tales were extorted from the captured cult members.
Od ujetih članov kulta so izsilili neverjetne zgodbe.
But nothing of the relic's origin could be discovered.
Vendar o izvoru relikvije ni bilo mogoče odkriti ničesar.
Hence the anxiety of the police for any antiquarian lore.
Od tod tudi zaskrbljenost policije glede kakršnega koli starinskega izročila.
Ancient mythology might explain the frightful symbol.
Starodavna mitologija bi lahko pojasnila ta grozljiv simbol.
Deeper knowledge could perhaps track the fountain-head.
Globlje poznavanje bi morda lahko izsledilo izvir.
Inspector Legrasse was not prepared for the excitement he created.
Inšpektor Legrasse ni bil pripravljen na vznemirjenje, ki ga je povzročil.
One sight of the mysterious object was all that was required.
Dovolj je bil že en pogled na skrivnostni predmet.
The assembled men of science were filled with curiosity.
Zbrane znanstvenike je prevzela radovednost.
They lost no time in crowding closely around the inspector.
Niso izgubljali časa in so se tesno zbrali okoli inšpektorja.
And they all tried to get the best look at the diminutive figure.
In vsi so se trudili, da bi si čim bolje ogledali drobno postavo.

***

The genuinely abysmal antiquity inspired wild imagination.
Resnično brezdanska antika je navdihovala divjo domišljijo.
The strangeness hinted so potently at unopened and archaic vistas.
Nenavadnost je tako močno namigovala na neodprte in arhaične razglede.

No recognized school of sculpture had animated this terrible object.
Nobena priznana kiparska šola ni oživila tega groznega predmeta.
Yet centuries seemed recorded in the dim and greenish surface.
Vendar se je zdelo, da so stoletja zapisana v temni in zelenkasti površini.
Perhaps thousands of years were hidden in this unplaceable stone.
Morda so bila v tem neustavljivem kamnu skrita tisočletja.
The figurine was finally passed slowly from man to man.
Figurica je bila končno počasi podajana od moža do moža.
Each scientist carefully studied the strange markings of the stone.
Vsak znanstvenik je skrbno preučeval nenavadne oznake na kamnu.
The work was between seven and eight inches in height.
Delo je bilo visoko med sedem in osem centimetrov.
And the exquisite artistic workmanship must be noted.
In treba je omeniti izjemno umetniško izdelavo.
The carvings represented a monster of vaguely anthropoid outline.
Rezbarije so predstavljale pošast z nejasno antropoidno obrisom.
On the face of the octopus-esque head was a mass of feelers.
Na obrazu glave, ki je spominjala na hobotnico, je bila množica tipal.
Prodigious claws on hind and fore feet protruded from the body.
Iz telesa so štrleli ogromni kremplji na zadnjih in sprednjih nogah.
The bloated corpulence had a rubbery looking quality to it.
Napihnjena polnozrnatost je imela gumijast videz.
And from behind the rubbery body came out two narrow wings.
In izza gumijastega telesa sta prišla dve ozki krili.

It would be instinctual to think of this thing as fearsome.
Nagonsko bi bilo misliti, da je to nekaj strašljivega.
There was an unnatural malignancy to the aura of the creature.
Avra bitja je imela nenaravno zlonamernost.
The gargantuan squatted evilly on a rectangular block.
Velikan je zlobno počepnil na pravokotnem bloku.
The pedestal it was on was covered with undecipherable characters.
Podstavek, na katerem je stal, je bil prekrit z nerazumljivimi znaki.
The tips of the wings touched the back edge of the block.
Konice kril so se dotikale zadnjega roba bloka.
The creature was sitting on the middle of the giant block.
Bitje je sedelo na sredini velikanskega bloka.
Its legs were doubled up under its monstrous body.
Njegove noge so bile podvojene pod njegovim pošastnim telesom.
The long, curved claws gripped the front edge of the cliff.
Dolgi, ukrivljeni kremplji so se oprijeli sprednjega roba pečine.
The cephalopod head was bent forward, observing its kingdom.
Glava glavonožca je bila nagnjena naprej in je opazoval svoje kraljestvo.
The ends of the facial feelers brushed the backs of huge forepaws.
Konci obraznih tipal so se dotikali hrbtnih strani ogromnih sprednjih tac.
And the forepaws clasped the croucher's elevated knees.
In sprednje šape so oklenile dvignjena kolena čepečega.
The appearance of the grotesque scene was abnormally lifelike.
Videz groteskneega prizora je bil nenavadno realističen.
But this lifelike quality only added a subtle reason to be more fearful.
Toda ta realistična lastnost je le dodala subtilen razlog za večji strah.

Because we knew nothing about the source of the depiction.
Ker nismo vedeli ničesar o viru upodobitve.
The creature's vast, awesome, and incalculable age was unmistakable.
Ogromna, strahospoštovajoča in neizmerljiva starost bitja je bila nedvomna.
But not one link did the depiction show with any known type of art.
Vendar upodobitev ni pokazala niti ene povezave z nobeno znano vrsto umetnosti.
Not even the earliest civilizations made reference to this creature.
Niti najzgodnejše civilizacije niso omenjale tega bitja.
But that is not the only point at which our knowledge failed us.
Vendar to ni edina točka, kjer nas je naše znanje pustilo na cedilu.

***

The mineralogy of the stone was also a complete mystery.
Tudi mineralogija kamna je bila popolna skrivnost.
Gold specks dotted the soapy, greenish-black stone.
Zlate pikice so bile posejane po milnatem, zelenkasto-črnem kamnu.
Iridescent striations ran along the length of the stone.
Po dolžini kamna so tekle mavrične proge.
In short, the stone resembled nothing within mineralogy.
Skratka, kamen ni bil v mineralogiji podoben ničemur.
Geologists hadn't been able to identify the stone either.
Tudi geologi niso mogli identificirati kamna.
The hieroglyphs along the stone were equally baffling.
Hieroglifi vzdolž kamna so bili prav tako begajoči.
The writing system was horribly different than other scripts.
Pisni sistem se je grozno razlikoval od drugih pisav.
A representation of half the world's leading experts was present.

Prisotna je bila predstavnica polovice vodilnih svetovnih strokovnjakov.

But no link to any known writing system could be established.

Vendar ni bilo mogoče vzpostaviti nobene povezave z nobenim znanim pisnim sistemom.

Everything frightfully suggested an old and unhallowed cycle of life.

Vse je strašljivo namigovalo na star in nečasten življenjski krog.

A history in which our world and our conceptions played no part.

Zgodovina, v kateri naš svet in naše predstave niso igrale nobene vloge.

The experts shook their heads, admitting they had been defeated.

Strokovnjaki so zmajevali z glavami in priznali, da so bili poraženi.

But one expert did not give up quite so quickly.

Toda en strokovnjak ni tako hitro obupal.

He claimed to have a touch of bizarre familiarity with the subject.

Trdil je, da ima s to temo nekoliko nenavadno poznavanje.

The monstrous shape and writing weren't entirely new to him.

Monstruozna oblika in pisava mu nista bili povsem novi.

With some diffidence he told of the odd trifle he knew.

Z nekaj zadržanosti je pripovedoval o nenavadni malenkosti, ki jo je poznal.

This person was the late William Channing Webb.

Ta oseba je bil pokojni William Channing Webb.

He was professor of anthropology in Princeton University.

Bil je profesor antropologije na Univerzi Princeton.

And he was an explorer of no small significance.

In bil je raziskovalec nemajhnega pomena.

***

Forty-eight years ago he was exploring Greenland and Iceland.
Pred oseminštiridesetimi leti je raziskoval Grenlandijo in Islandijo.
His group were in search of some Runic inscriptions.
Njegova skupina je iskala nekaj runskih napisov.
But the expedition failed to unearth any inscriptions.
Vendar pa ekspediciji ni uspelo odkriti nobenih napisov.
They trekked the heights of West Greenland's coasts.
Preplezali so višine obal zahodne Grenlandije.
Here they encountered a strange cult of degenerate Eskimos.
Tu so naleteli na nenavaden kult degeneriranih Eskimov.
Their religion consisted of a form of devil-worship.
Njihova religija je bila nekakšno čaščenje hudiča.
And their rituals were deliberately bloodthirsty and repulsive.
In njihovi rituali so bili namerno krvoločni in odvratni.
It was a faith of which other Eskimos knew little.
To je bila vera, o kateri drugi Eskimi niso vedeli veliko.
Locals shuddered at the mention of their practices.
Domačini so se ob omembi njihovih praks zgrozili.
They said their believes came from horribly ancient eons.
Rekli so, da njihova prepričanja izvirajo iz strašno starodavnih eonov.
A time before the world as we know it now had ever been made.
Čas, preden je bil ustvarjen svet, kot ga poznamo danes.
There were human sacrifices and queer hereditary rituals.
Prihajalo je do človeških žrtev in nenavadnih dednih ritualov.
And all their worship was directed at a supreme tornasuk.
In vse njihovo čaščenje je bilo usmerjeno k vrhovnemu tornasuku.
Professor Webb had taken a phonetic copy from an aged angekok.
Profesor Webb je vzel fonetično kopijo od ostarelega angekoka.

He had transcribed the wizard-priest's chants as best he could.

Kolikor je le mogel, je prepisal napeve čarovnika-duhovnika.

But currently these transcriptions weren't of prime significance.

Vendar ti prepisi trenutno niso bili bistvenega pomena.

The cult had a cherished stone that they worshipped.

Kult je imel cenjen kamen, ki so ga častili.

They danced wildly when the aurora leaped over the ice cliffs.

Divje so plesali, ko je aurora preskočila ledene pečine.

And in the midst of their dance was the strange stone.

In sredi njunega plesa je bil čuden kamen.

It was, the professor stated, a very crude bas-relief of stone.

Profesor je izjavil, da je to zelo grob kamniti bareljef.

The stone comprised a hideous picture and some cryptic writing.

Kamen je vseboval grozljivo sliko in nekaj skrivnostnega pisanja.

And as far as he could tell this stone was a rough parallel.

In kolikor je lahko ocenil, je bil ta kamen groba vzporednica.

The stone had all the same essential features of bestial things.

Kamen je imel vse enake bistvene lastnosti živalskih bitij.

The scientists received this data with suspense and astonishment.

Znanstveniki so te podatke sprejeli z napetostjo in začudenjem.

Even Inspector Legrasse had quickly gained an interest in mythology.

Celo inšpektor Legrasse se je hitro začel zanimati za mitologijo.

And he began at once to ply his informant with questions.

In takoj je začel svojega informatorja zasipati z vprašanji.

He had notes of the oral ritual of the cult-worshipers in the swamp.

Imel je zapiske o ustnem obredu častilcev kulta v močvirju.

**He besought the professor to remember the diabolist
Eskimos' chants.**
Prosil je profesorja, naj se spomni napevov diabolskih
Eskimov.
There then followed an exhaustive comparison of details.
Nato je sledila izčrpna primerjava podrobnosti.
And there then followed a moment of really awed silence.
In nato je sledil trenutek resnično občudujoče tišine.
**The Eskimo wizards and the Louisiana swamp-priests were
worlds apart.**
Eskimski čarovniki in močvirski duhovniki iz Louisiane so bili
popolnoma drugačni svetovi.
**And yet there was a phrase the two hellish rituals had in
common.**
In vendar je obstajal stavek, ki ga je imela oba peklenska
rituala skupnega.
"Ph'nglui mglw'nafh Cthulhu R'lyeh wgah'nagl fhtagn."
"Ph'nglui mglw'nafh Cthulhu R'lyeh wgah'nagl fhtagn."

***

Legrasse had one advantage over Professor Webb.
Legrasse je imel eno prednost pred profesorjem Webbom.
He had spoken to several of his mongrel prisoners.
Govoril je z več svojimi zaporniki mešanci.
Some of them had passed on the phrase's meaning.
Nekateri so pomen besedne zveze prenesli naprej.
"In his house at R'lyeh dead Cthulhu waits dreaming."
"V svoji hiši v R'lyehu mrtvi Cthulhu čaka in sanja."
So the attention turned back to Inspector Legrasse.
Tako se je pozornost spet obrnila na inšpektorja Legrassa.
And he was probed with many disconnected questions.
In zastavljali so mu številna nepovezana vprašanja.
**He detailed his experience with the worshipers from the
swamp.**
Podrobno je opisal svojo izkušnjo z verniki iz močvirja.
My uncle attached profound significance to the story.

Moj stric je zgodbi pripisoval globok pomen.

The report savored of the wildest dreams of myth-makers.

Poročilo je dišalo po najbolj divjih sanjah ustvarjalcev mitov.

Theosophists could not have provided more imagination.

Teozofi ne bi mogli ponuditi več domišljije.

But the philosophies came from unexpected sources.

Toda filozofije so prišle iz nepričakovanih virov.

Half-castes and pariahs told these fantastical stories.

Mešanci in izobčenci so pripovedovali te fantastične zgodbe.

On November 1st, 1907, his chain of events unfolded.

1. novembra 1907 se je odvila veriga dogodkov.

The New Orleans police received desperate calls.

Policija v New Orleansu je prejela obupane klice.

They were called to the swamp and lagoon country to the south.

Poklicali so jih v močvirja in lagune na jugu.

The settlers there were mostly primitive, but good-natured.

Naseljenci tam so bili večinoma primitivni, a dobrodušni.

Most living by the swamp were descendants of Lafitte's men.

Večina ljudi, ki so živeli ob močvirju, so bili potomci Lafittovih mož.

But now they were in the grip of stark terror.

Toda zdaj so bili v primežu hude groze.

An unknown thing had stolen upon them in the night.

Ponoči se jim je prikradla neznana stvar.

It was voodoo, apparently, that caused the disturbance.

Očitno je bil vudu tisti, ki je povzročil motnjo.

But it was a voodoo unlike the other forms of voodoo.

Ampak to je bil vudu, za razliko od drugih oblik vuduja.

Voodoo of a more terrible sort than they had ever known.

Vudu groznejše vrste, kot so ga kdajkoli poznali.

Some of their women and children had disappeared.

Nekatere njihove ženske in otroci so izginili.

A malevolent drumming had begun its incessant beating.

Zlobno bobnanje je začelo neprekinjeno tolči.

Far and deep within those dark, black haunted woods.

Daleč in globoko v tistih temnih, črnih strašljivih gozdovih.
There, where no dweller dared to ventured close to.
Tja, kamor se noben prebivalec ni upal približati.
There were insane shouts and harrowing screams.
Slišali so se nori kriki in grozljivi kriki.
Soul-chilling chants and dancing devil-flames.
Dušo mrzle napeve in ples hudičevih plamenov.
The messenger and his people could stand it no more.
Glasnik in njegovi ljudje tega niso mogli več prenašati.
A body of twenty police set out in the late afternoon.
Pozno popoldne se je na pot odpravila dvajseta policijska
enota.
And a shivering settler came with them as a guide.
In z njimi je kot vodnik prišel trepetajoči naseljenec.

***

At the end of the passable road they alighted.
Na koncu prevozne ceste so izstopili.
For miles and miles they splashed on in silence.
Kilometri in kilometri so čofotali v tišini.
And they went on through the terrible cypress woods.
In šli so naprej skozi grozljiv cipresov gozd.
Dark, dark woods in which day but almost never came.
Temni, temni gozdovi v katerem dnevu pa skoraj nikoli ni
prišel.
Ugly roots set traps for them in the wet ground.
Grde korenine jim nastavijo pasti v mokri zemlji.
Malignant hanging nooses of Spanish moss beset them.
Obdajajo jih zlonamerne viseče zanke španskega mahu.
In the distance the settlement slowly came into sight.
V daljavi se je počasi prikazovalo naselje.
Hysterical dwellers ran out of the miserable huts.
Histerični prebivalci so zbežali iz bednih kolib.
They clustered around the group of bobbing lanterns.
Zbrali so se okoli skupine nihajočih luči.
Far, far ahead the cause of all the fear could be heard.

Daleč, daleč naprej se je slišal vzrok vsega strahu.

The muffled beat of drums was now faintly audible.

Pridušeno bitje bobnov je bilo zdaj komaj slišno.

At times the wind shifted and revealed different sounds.

Včasih se je veter spremenil in razkril drugačne zvoke.

Curdling shrieks were audible at infrequent intervals.

V redkih intervalih so se slišali strjujoči kriki.

A reddish glare seemed to filter through the undergrowth.

Zdelo se je, da skozi podrast pronica rdečkast sijaj.

The settlers were reluctant to be left alone again.

Naseljenci niso bili pripravljeni spet ostati sami.

But they point blank refused to move forwards either.

Vendar so tudi oni odločno zavrnili napredovanje.

So the inspector and his colleagues plunged on unguided.

Zato sta se inšpektor in njegovi kolegi brez nadzora pognala naprej.

And they went into the black arcades of horror.

In so šli v črne arkade groze.

The region was one of traditionally evil repute.

Regija je bila tradicionalno na slabem slovesu.

The lands were substantially unknown by white men.

Belim moškim so bila ta zemljišča večinoma neznana.

Not many explorers had traversed those regions yet.

Te regije še ni prečkalo veliko raziskovalcev.

There were also legends of a hidden away lake.

Krožile so tudi legende o skritem jezeru.

A body of water still unglimpsed by mortal sight.

Vodna površina, ki je še vedno ne omejuje pogled smrtnika.

In the lake it was said there dwelt a strange creature.

Pravili so, da v jezeru živi nenavadno bitje.

A huge, formless white polypous thing with luminous eye.

Ogromna, brezoblična bela polipozna stvar s svetlečim očesom.

And settlers whispered about bat-winged devils.

In naseljenci so šepetali o hudičih z netopirjevimi krili.

They flew up out of caverns from the inner earth.

Prileteli so iz jam v notranjosti Zemlje.

And together the demons worship it at midnight.
In demoni ga skupaj častijo opolnoči.
They said it had been there before D'Iberville.
Rekli so, da je bilo tam že pred D'Ibervilleom.
They said it had been there before La Salle too.
Rekli so, da je bilo tam tudi pred La Salle.
They said it was there before the Native Americans.
Pravijo, da je bilo tam pred ameriškimi staroselci.
Perhaps it was even there before the wholesome beasts.
Morda je bilo tam celo pred zdravimi zvermi.
It was a nightmare itself that made men dream.
Bila je nočna mora, zaradi katere so moški sanjali.
And to see the thing was the same as death.
In videti to stvar je bilo enako kot smrt.
And so they had enough warning to know to keep away.
In tako so imeli dovolj opozoril, da se morajo držati stran.
Because it was indeed where they were warned it was.
Ker je bilo res tam, kjer so jih opozorili, da je.
The voodoo orgy was on the fringe of this abhorred area.
Vudujska orgija je bila na obrobju tega osovraženega območja.
But the location was already bad enough by itself.
Ampak lokacija je bila že sama po sebi dovolj slaba.
The voodoo activities only added to the horror.
Vudujske dejavnosti so samo še povečale grozo.
Perhaps poetry could do justice to the noises heard.
Morda bi poezija lahko pravilno opisala slišane zvoke.
Otherwise only madness would help one understand.
Sicer bi le norost pomagala razumeti.
But Legrasse's plowed on through the black morass.
Toda Legrasse se je prebijal skozi črno močvirje.
The sound of the muffled drumming slowly crystalized.
Zvok pridušenega bobnanja se je počasi kristaliziral.
And they continued steadily towards the red glare.
In vztrajno so nadaljevali proti rdečemu bleščanju.

***

There are vocal qualities specific to men.
Obstajajo vokalne lastnosti, značilne za moške.
And there are vocal qualities specific to beasts.
In obstajajo vokalne lastnosti, značilne za zveri.
It is terrible when one makes the sounds of the other.
Grozno je, ko eden oddaja zvoke drugega.
Animal fury freed them of their human restraint.
Živalska jeza jih je osvobodila njihove človeške zadržanosti.
Orgiastic license whipped them into demoniac heights.
Orgijastična razuzdanost jih je bičala v demonske višave.
Howls that tore through those perpetually dark woods.
Zavijanje, ki je trgalo tiste večno temne gozdove.
Squawking ecstasies that echoed in everyone's mind.
Vreščeče ekstaze, ki so odmevale v mislih vseh.
Sounds like pestilential tempests from the gulfs of hell.
Sliši se kot kužne nevihte iz peklenskih brezdenj.
Now and then the less organized ululations would cease.
Občasno je manj organizirano tuljenje prenehalo.
A well-drilled chorus of hoarse voices rose in singsong.
Dobro izurjen zbor hripavih glasov se je dvignil v petje.
And they chanted that hideous phrase of their ritual.
In skandirali so tisto gnusno frazo svojega rituala.
"Ph'nglui mglw'nafh Cthulhu R'lyeh wgah'nagl fhtagn"
"Ph'nglui mglw'nafh Cthulhu R'lyeh wgah'nagl fhtagn"
Then the men reached a spot where the trees were sparser.
Nato so možje dosegli mesto, kjer so bila drevesa redkejša.
Suddenly they come in sight of the spectacle itself.
Nenadoma pridejo pred oči samega spektakla.
Four of them reeled from the horrible things they saw.
Štirje so se zgrozili zaradi grozljivih stvari, ki so jih videli.
One man fainted, and two were shaken into a frantic cry.
En moški je omedlel, dva pa sta zaradi stresa panično zajokala.
Fortunately their screams were not heard by other ears.
Na srečo njihovih krikov niso slišala druga ušesa.
The mad cacophony of the orgy deadened their screams.
Nora kakofonija orgije je zadušila njihove krike.
Legrasse splashed swamp water on the fainting man.

Legrasse je polil močvirsko vodo po omedlelem moškem.
They stood up again, but nearly hypnotized with horror.
Spet so vstali, a skoraj hipnotizirani od groze.
In a natural glade of the swamp stood a grassy island.
Na naravni jasi močvirja je stal travnat otok.
The grassy island extended perhaps for an acre.
Travnati otok se je raztezal morda za en hektar.
And the area was clear of trees and tolerably dry.
In območje je bilo brez dreves in dokaj suho.
A horde of human abnormality leaped and twisted.
Horda človeških nepravilnosti je poskakovala in se zvijala.
No Sime could paint what the men were seeing.
Noben Sime ni mogel naslikati tega, kar so moški videli.
No Angarola has ever painted such an indescribable scene.
Noben Angarola še ni naslikal tako neopisljivega prizora.
The hybrid spawn made a monstrous ring-shaped bonfire.
Hibridni drest je naredil pošasten kres v obliki obroča.
They brayed bellowed and writhed about in their nudity.
Rjoveli so, bučali in se zvijali v svoji goloti.
Occasionally there were rifts in the curtain of flame.
Občasno so se v plameni zavesi pojavile razpoke.
And there the object of their worship revealed itself.
In tam se je razkril predmet njihovega čaščenja.
In the midst of the fire stood a great granite monolith.
Sredi ognja je stal velik granitni monolit.
The stone structure was only about eight feet in height.
Kamnita struktura je bila visoka le približno osem metrov.
And the noxious carven statuette rested on the monolith.
In škodni izrezljani kipec je počival na monolitu.
The idle was almost incongruous in its diminutiveness.
Brezdelje je bilo v svoji majhnosti skoraj neskladno.
Spaced evenly, scaffolds had been erected around the fire.
Okoli ognja so bili postavljeni odri, enakomerno razporejeni.
From the scaffolding hung a number of marred bodies.
Z odra je viselo več skazenih trupel.
The bodies of those that had disappeared from nearby.
Trupla tistih, ki so izginili iz bližnje okolice.

It was inside this circle the ring of worshipers were.
Znotraj tega kroga so bili verniki.
And they roared and jumped in the frantic trance.
In v divjem transu so rjoveli in skakali.
The general direction of the motion was anti-clockwise.
Splošna smer gibanja je bila v nasprotni smeri urinega kazalca.
The ring of bodies circling around the ring of fire.
Obroč teles, ki kroži okoli ognjenega obroča.
One man recollected other details even more concerning.
En moški se je spomnil še drugih, še bolj zaskrbljujočih
podrobnosti.
But perhaps the echoes induced him to hear other things.
Morda pa so ga odmevi spodbudili, da je slišal še druge stvari.
He fancied he heard antiphonal responses to the ritual.
Zdelo se mu je, da sliši antifonalne odgovore na ritual.
Noises from an unillumined spot deeper within the woods.
Zvoki iz neosvetljenega mesta globlje v gozdu.
This man, Joseph D. Galvez, I later met and questioned.
Tega moškega, Josepha D. Galveza, sem kasneje srečal in
zasliševal.
And he proved to indeed be distractingly imaginative.
In izkazal se je za resnično moteče domiselnega.
He even hinted at the faint beating of great wings.
Namignil je celo na rahel utrip velikih kril.
And he suggested there was a glimpse of shining eyes.
In namignil je, da je bil v hipu viden sijoč pogled.
**And beyond the trees, a mountainous white bulk of
something.**
In za drevesi, gorato bela gmota nečesa.
I suppose he had heard too much native superstition.
Verjetno je slišal preveč vraževerja domačinov.
But actually the horrified pause was relatively brief.
Toda pravzaprav je bil prestrašeni premor relativno kratek.
Duty came first, and they had come to do a job.
Dolžnost je bila na prvem mestu in prišli so, da opravijo delo.

***

There must have been nearly a hundred mongrel celebrants.

Moralo je biti skoraj sto mešancev, ki so praznovali.

But the police were able to rely on their firearms.

Toda policija se je lahko zanesla na svoje strelno orožje.

And they plunged determinedly into the nauseous rout.

In odločno so se pognali v mučen pohod.

For five minutes the chaotic din was beyond description.

Pet minut je bil kaotičen hrup neopisljiv.

Wild blows were struck and shots were fired.

Divji udarci so bili udarjeni in streljani.

Some escaped arrest by running into the darkness.

Nekateri so se aretaciji izognili tako, da so zbežali v temo.

They had a better knowledge of the layout of the swamp.

Bolje so poznali razporeditev močvirja.

But Legrasse and his men caught around half of them.

Toda Legrasse in njegovi možje so ujeli približno polovico.

And they counted around forty-seven sullen prisoners.

In našteli so okoli sedeminštirideset mrkih zapornikov.

They were forced to put on their clothes again.

Prisiljeni so bili, da si ponovno oblečejo oblačila.

And they fell into line between two rows of policemen.

In postavili so se v vrsto med dvema vrstama policistov.

Five of the worshipers lay dead by the fire.

Pet vernikov je ležalo mrtvih ob ognju.

Two severely wounded prisoners were carried away.

Odpeljali so dva hudo ranjena ujetnika.

Of course the image on the monolith was removed.

Seveda je bila slika na monolitu odstranjena.

Legrasse himself took the evidence to the police station.

Legrasse je sam odnesel dokaze na policijsko postajo.

The trip back to the headquarters was of intense strain.

Pot nazaj v štab je bila zelo naporna.

The men were examined when they got back to civilization.

Moške so pregledali, ko so se vrnili v civilizacijo.

The prisoners all proved to be men of a very low type.

Vsi zaporniki so se izkazali za zelo nizkotneže.

They were all mixed-blooded, and mentally aberrant.
Vsi so bili mešane krvi in duševno moteni.
Most were seamen by trade, or some similar professions.
Večina jih je bila po poklicu mornarjev ali podobnih poklicev.
Negroes and mulattoes were sprinkled among them.
Med njimi so bili raztreseni črnci in mulati.
But most seemed to be West Indians or Brava Portuguese.
Ampak večina se je zdela Zahodni Indijci ali Brava Portugalci.
They primarily came from the Cape Verde Islands.
Prihajali so predvsem z Zelenortskih otokov.
They gave the heterogeneous cult a coloring of voodooism.
Heterogenemu kultu so dali barvo vuduizma.
But there wasn't even a need to ask too many questions.
Ampak niti ni bilo treba postavljati preveč vprašanj.
The conclusion quickly became manifest by itself.
Sklep je hitro postal očiten sam od sebe.
Something far deeper than negro fetishism was involved.
Šlo je za nekaj veliko globljega od črnskega fetišizma.
Although ignorant, but their story was consistent.
Čeprav nevedni, je bila njihova zgodba dosledna.
The creatures all spoke of the same central idea.
Vsa bitja so govorila o isti osrednji ideji.
They certainly all shared the same loathsome faith.
Zagotovo so vsi delili isto gnusno vero.
They worshiped, so they said, the great old ones.
Častili so, tako so rekli, velike starce.
The great old ones lived long before there were any men.
Veliki starci so živeli dolgo preden so se pojavili ljudje.
And they came to the young world out of the sky.
In v mladi svet so prišli z neba.
Those old ones were now gone, they explained.
Teh starih zdaj ni več, so pojasnili.
They were now inside the earth and under the sea.
Zdaj so bili pod zemljo in pod morjem.
But their dead bodies found ways to tell their secrets.
Toda njihova trupla so našla načine, kako razkriti svoje
skrivnosti.

They whispered into the dreams of the first men.
Šepetali so v sanje prvih ljudi.
And the first men formed a cult which has never died.
In prvi ljudje so ustanovili kult, ki ni nikoli umrl.

***

The cult had always existed, and always would exist.
Kult je vedno obstajal in vedno bo obstajal.
Their followers were hidden in wastes all over the world.
Njihovi privrženci so bili skriti v puščavah po vsem svetu.
Their followers were in dark places explorers overlooked.
Njihovi privrženci so bili na temnih mestih, ki so jih raziskovalci spregledali.
And they would remain hidden until they were called.
In ostali bi skriti, dokler jih ne bi poklicali.
When the great priest Cthulhu rises again to the surface.
Ko se veliki duhovnik Cthulhu spet dvigne na površje.
When Cthulhu brings the earth again beneath his sway.
Ko Cthulhu spet podjame zemljo pod svojo oblast.
When Cthulhu leaves from his dark house in the mighty city of R'lyeh.
Ko Cthulhu zapusti svojo temno hišo v mogočnem mestu R'lyeh.
Some day he was going call, when the stars were ready.
Nekega dne bo poklical, ko bodo zvezde pripravljene.
And the secret cult will always be waiting to liberate him.
In tajni kult ga bo vedno čakal, da ga osvobodi.
Meanwhile, no more of his story must be told.
Medtem se o njegovi zgodbi ne sme povedati ničesar več.
There was a secret even torture could not extract.
Obstajala je skrivnost, ki je niti mučenje ni moglo izvleči iz nje.
Mankind was not alone among the conscious things of earth.
Človeštvo ni bilo edino med zavestnimi bitji na Zemlji.
Because shapes came out of the dark to visit the faithful few.
Ker so se iz teme prikazale oblike, da bi obiskale redke zveste.
But these were not the great old ones.

Ampak to niso bili tisti veliki stari.

No man had ever seen the great old ones.

Nihče še ni videl teh velikih starih.

The carven idol was of great Cthulhu.

Izrezljani idol je bil lik velikega Cthulhuja.

None could say whether the others were like him.

Nihče ni mogel reči, ali so bili drugi takšni kot on.

No one could read the old writing now.

Starega pisanja ni mogel več prebrati nihče.

Instead, things were told by word of mouth.

Namesto tega so se stvari pripovedovale od ust do ust.

The chanted ritual was not the secret.

Skrivnost ni bila prepevani ritual.

The secret was never spoken aloud, only whispered.

Skrivnost ni bila nikoli izrečena na glas, le zašepetana.

The chant meant one thing, and one thing alone:

Pesem je pomenila eno stvar in samo eno stvar:

"In his house at R'lyeh dead Cthulhu waits dreaming."

"V svoji hiši v R'lyehu mrtvi Cthulhu čaka in sanja."

Only two of the prisoners were found sane enough to be hanged.

Le dva zapornika sta bila spoznana za dovolj prisebna, da sta bila obešena.

The rest of them were committed to various institutions.

Ostali so bili dodeljeni različnim ustanovam.

All denied to have taken any part in the ritual murders.

Vsi so zanikali, da bi sodelovali pri ritualnih umorih.

They said the killing had been done by something else.

Rekli so, da je umor zagrešil nekaj drugega.

"The black-winged ones," the each insisted, separately.

„Črnokrili," so vztrajali vsak posebej.

They had come to them from their immemorial meeting-place.

Prišli so k njim z njihovega nekdajšnjega zbirališča.

They had arisen out from the haunted woodlands.

Prišli so iz strašljivih gozdov.

But the stories of mysterious allies were inconsistent.

Toda zgodbe o skrivnostnih zaveznikih so bile nedosledne.

***

What the police did extract came mainly from one man.
Kar je policija izvlekla, je prišlo predvsem od enega moškega.
An immensely aged mestizo named Castro.
Izjemno ostareli mestiz po imenu Castro.
He claimed to have sailed to strange ports.
Trdil je, da je plul v čudna pristanišča.
And he said he had been to the mountains of China.
In rekel je, da je bil v kitajskih gorah.
There he talked with undying leaders of the cult.
Tam se je pogovarjal z nesmrtnimi voditelji kulta.
Old Castro remembered bits of hideous legend.
Stari Castro se je spominjal delov grozljive legende.
His legends paled the speculations of theosophists.
Njegove legende so zasenčile ugibanja teozofov.
His stories made man seem like a recent creation.
Njegove zgodbe so človeka prikazovale kot novo stvaritev.
Even the world was transient in his account of things.
Celo svet je bil v njegovem opisu stvari minljiv.
There had been eons when other Things ruled on the earth.
Bilo je več let, ko so na zemlji vladale druge stvari.
And they had had great cities here on the earth.
In tukaj na zemlji so imeli velika mesta.
The deathless Chinamen told him reserved secrets.
Nesmrtni Kitajci so mu zaupali zaupne skrivnosti.
He had told him their ruins could still be found.
Rekel mu je, da se njihove ruševine še vedno dajo najti.
There were still Cyclopean stones on islands in the Pacific.
Na otokih v Pacifiku so še vedno našli kiklopske kamne.
They all died vast epochs of time before man came.
Vsi so umrli veliko časa, preden se je pojavil človek.
But there were knowledges and practices in ancients arts.
Vendar so v starodavnih umetnostih obstajala znanja in
prakse.

Special rituals which could revive them again, in time.
Posebni rituali, ki bi jih lahko sčasoma znova oživili.
In the cycle of eternity their return was inevitable.
V ciklu večnosti je bila njihova vrnitev neizogibna.
When the stars come round again to the right positions
Ko se zvezde spet postavijo na pravo mesto
They had, indeed themselves come from the stars.
Pravzaprav so sami prišli z zvezd.
"These great old ones," Castro continued.
„Ti stari,“ je nadaljeval Castro.
They were not composed entirely of flesh and blood.
Niso bili v celoti sestavljeni iz mesa in krvi.
They had shape," Castro insisted, confidently.
"Imeli so obliko," je samozavestno vztrajal Castro.
And he had strange proof for what he believed.
In imel je nenavaden dokaz za to, v kar je verjel.
But the shape they took on was not made of matter.
Toda oblika, ki so jo prevzeli, ni bila narejena iz snovi.
When the stars were in their right positions.
Ko so bile zvezde na svojih pravih mestih.
Then they could plunge from one world to another.
Potem so se lahko potopili iz enega sveta v drugega.
Because they can move themselves through the sky.
Ker se lahko premikajo po nebu.
But when the stars were wrong, they cannot live.
Ko pa so se zvezde motile, ne morejo živeti.
And it is true that they no longer live like we do.
In res je, da ne živijo več tako kot mi.
But despite that, they never really die either.
A kljub temu tudi nikoli zares ne umrejo.
They rest in stone houses in their great city of R'lyeh.
Počivajo v kamnitih hišah v svojem velikem mestu R'lyeh.
They are preserved by the spells of mighty Cthulhu.
Ohranjajo jih uroki mogočnega Cthulhuja.
So there they lie, unaffected by the passing of time.
Tako ležijo tam, nespremenjeni s minevanjem časa.
And they wait for another glorious resurrection.

In čakajo na še eno slavno vstajenje.
When the stars and earth are ready for them again.
Ko bodo zvezde in zemlja spet pripravljene nanje.
But they are still dependent on an outside force.
Vendar so še vedno odvisni od zunanje sile.
A force from outside served to liberate their bodies.
Zunanja sila je osvobodila njihova telesa.
The spells preserved them and kept them intact.
Uroki so jih ohranili in ohranili nedotaknjene.
But the spells also kept them from breaking free.
Toda uroki so jim tudi preprečili, da bi se osvobodili.
So they could only lie awake in the dark and think.
Tako so lahko le ležali budni v temi in razmišljali.

***

In the meantime uncounted millions of years rolled by.
Medtem so minili nešteti milijoni let.
They knew all that was occurring in the universe.
Vedeli so vse, kar se dogaja v vesolju.
Because their mode of speech was transmitted thought.
Ker je bil njihov način govora prenašanje misli.
Even now they were talking in their tombs.
Še zdaj so se pogovarjali v svojih grobnicah.
Then, after infinities of chaos, the first men came.
Potem so po neskončnem kaosu prišli prvi ljudje.
The great old ones spoke to the sensitive among them.
Veliki starci so govorili z občutljivimi med njimi.
They spoke to them by molding their dreams.
Z njimi so govorili tako, da so oblikovali njihove sanje.
**Only that way could their language reach the fleshly minds
of mammals.**
Le tako je lahko njihov jezik dosegel mesene ume sesalcev.
Then, whispered Castro, those first men formed the cult.
Potem, je zašepetal Castro, so ti prvi možje ustanovili kult.
They organized themselves around small idols.
Organizirali so se okoli majhnih idolov.

The small idols which the great ones had shown them.
Majhni idoli, ki so jim jih pokazali veliki.
Idols brought from dim eras from dark stars.
Idoli, prineseni iz mračnih dob s temnih zvezd.
That cult would never die till the stars came right again.
Ta kult ne bi nikoli umrl, dokler zvezde ne bi spet postale prave.
The secret priests were going to take great Cthulhu from His tomb.
Skrivni duhovniki so nameravali vzeti velikega Cthulhuja iz njegove grobnice.
And they were going to revive His subjects.
In nameravali so oživiti Njegove podložnike.
And then Cthulhu was going to resume His rule of earth.
In potem bo Cthulhu ponovno prevzel svojo vladavino na Zemlji.
The right time was going to reveal itself quite clearly.
Pravi čas se bo kar jasno pokazal.
At that time mankind will have become as the great old ones.
Takrat bo človeštvo postalo kakor veliki starci.
They will be free and wild and beyond good and evil.
Svobodni bodo in divji ter onkraj dobrega in zla.
Laws and morals are going to be thrown aside.
Zakoni in morala bodo vrženi na stran.
All men will be shouting and killing and reveling in joy.
Vsi moški bodo kričali, ubijali in se veselili.
Then the liberated old ones will teach them the new ways.
Potem jih bodo osvobojeni stari naučili novih poti.
New ways to shout and kill and revel and enjoy.
Novi načini kričanja, ubijanja, veseljačenja in uživanja.
And all the earth will flame with a holocaust of ecstasy and freedom.
In vsa zemlja bo gorela v holokavstu ekstaze in svobode.
Meanwhile the cult had to practice the appropriate rites.
Medtem je moral kult izvajati ustrezne obrede.
They had to keep alive the memory of those ancient ways.

Morali so ohranjati spomin na te starodavne običaje.
And they had to shadow forth the prophecy of their return.
In morali so senčiti prerokbo o svoji vrnitvi.
In the elder time chosen men spoke with the entombed Old Ones.
V starejših časih so izbrani možje govorili s pokopanimi Starci.
The entombed Old Ones spoke to them in their dreams.
Pokopani Starci so jim govorili v sanjah.
But then something disturbed their means of communication.
Potem pa je nekaj zmotilo njuno komunikacijo.
The great stone in the city R'lyeh had sunk beneath the waves.
Veliki kamen v mestu R'lyeh se je potopil pod valovi.
And the monoliths and sepulchers were beneath the waters.
In monoliti in grobnice so bili pod vodo.
Deep waters full of the one primal mystery.
Globoke vode, polne ene same prvinske skrivnosti.
Waters through which not even thought can pass.
Vode, skozi katere ne more preiti niti misel.
Water that cut off their spectral communication.
Voda, ki je prekinila njihovo spektralno komunikacijo.
But the memory of the rites and rituals never died.
Toda spomin na obrede in rituale ni nikoli umrl.
And high priests said that the city would rise again.
In veliki duhovniki so rekli, da se bo mesto spet dvignilo.
When the stars were right Cthulhu was going to return.
Ko bodo zvezde prave, se bo Cthulhu vrnil.
The moldy black spirits of the earth will come out again.
Plesnivi črni duhovi zemlje bodo spet prišli ven.
Shadowy black spirits full of dim rumors.
Senčni črni duhovi, polni mračnih govoric.

*****

The spirits collected in caverns beneath forgotten sea-bottoms.

Duhovi so se zbirali v jamah pod pozabljenim morskim dnom.
But of those spirits old Castro dared not speak much.
Toda o teh duhovih si stari Castro ni upal veliko govoriti.
And he hurriedly cut himself off from the topic.
In se je naglo odklopil od teme.
No amount of persuasion could elicit more in this direction.
Nobeno prepričevanje ne bi moglo doseči več v tej smeri.
No subtlety could convince him to speak of those spirits.
Nobena prefinjenost ga ni mogla prepričati, da bi spregovoril
o teh duhovih.
**The size of the old ones, too, he curiously declined to
mention.**
Tudi velikosti starih je radovedno zavrnil omeniti.
And of the cult he spoke very little too.
In o kultu je tudi zelo malo govoril.
**He thought the center lay amid the pathless deserts of
Arabia.**
Mislil je, da središče leži sredi brezpotnih puščav Arabije.
**There in Irem, the City of Pillars, dreams hidden and
untouched.**
Tam v Iremu, Mestu stebrov, so sanje skrite in nedotaknjene.
This cult was not allied to the European witch-cult.
Ta kult ni bil povezan z evropskim kultom čarovnic.
And the cult was virtually unknown beyond its members.
In kult je bil praktično neznan zunaj svojih članov.
No book had ever really hinted of their knowledge.
Nobena knjiga ni nikoli zares namignila na njihovo znanje.
**Though the deathless Chinamen said the mad Arab Abdul
Alhazred came close.**
Čeprav so nesmrtni Kitajci rekli, da je bil nori Arabec Abdul
Alhazred blizu temu.
**He said that there were double meanings in his
Necronomicon.**
Rekel je, da ima njegov Necronomicon dvojne pomene.
The initiated were free to read it if they wanted to.
Posvečeni so ga lahko brali, če so želeli.
And they should pay attention to one couplet in particular.

In še posebej bi morali biti pozorni na en kuplet.
"That which is not dead can sleep for eternity,"
"Kar ni mrtvo, lahko spi večno,"
"And with strange eons even death may die."
"In v čudnih eonih lahko umre celo smrt."
Legrasse had been deeply impressed by what he heard.
Legrasse je bil globoko prevzet nad tem, kar je slišal.
And he was not a little bewildered by the tale.
In zgodba ga je kar malo zmedla.
He inquired in vain about the historic affiliations of the cult.
Zaman je spraševal o zgodovinski pripadnosti kulta.
Castro, apparently, had told the truth about the oath of secrecy.
Castro je očitno povedal resnico o prisegi molčečnosti.
The authorities at Tulane University could not offer much help either.
Tudi oblasti na Univerzi Tulane niso mogle ponuditi veliko pomoči.
The were not able to shed no light upon neither cult, nor the image.
Niso mogli osvetliti ne kulta ne podobe.
And now the detective had come to the highest authorities in the country.
In zdaj je detektiv prišel do najvišjih oblasti v državi.
And he heard none other than Professor Webb' tale in Greenland.
In ni slišal nikogar drugega kot zgodbo profesorja Webba na Grenlandiji.

***

Legrasse's tale aroused feverish interest at the meeting.
Legrassejeva zgodba je na sestanku vzbudila vročično zanimanje.
The story was not only significant in its implications.
Zgodba ni bila pomembna le zaradi svojih posledic.
But the story was also corroborated by the statuette.

A zgodbo je potrdil tudi kipec.
The excitement echoed in the subsequent correspondence.
Navdušenje se je odražalo v poznejši korespondenci.
Those who attended stayed in close contact with each other.
Tisti, ki so se ga udeležili, so ostali v tesnem stiku med seboj.
Although scant mention occurs in the formal publications.
Čeprav se v uradnih publikacijah pojavlja le malo omemb.
Caution is the first care of those accustomed to charlatanry.
Previdnost je prva skrb tistih, ki so vajeni šarlatanstva.
Impostures are kept out as much as it is possible.
Prevare se čim bolj preprečujejo.
Legrasse for some time lent the image to Professor Webb.
Legrasse je sliko nekaj časa posodil profesorju Webbu.
But at the latter's death the image was returned to him.
Toda ob slednjijevi smrti so mu podobo vrnili.
And the image remains in Legrasse's possession.
In slika ostaja v Legrassejevi lasti.
This is where I viewed the terrible image not long ago.
Tukaj sem pred kratkim videl grozno sliko.
The image is unmistakably akin to Wilcox' dream-sculpture.
Podoba je nedvomno podobna Wilcoxovi sanjski skulpturi.
It was no wonder my uncle was so excited by his tale.
Ni čudno, da je bil moj stric tako navdušen nad njegovo zgodbo.
And I'm not surprised he made the efforts he made.
In me ne preseneča, da se je tako trudil.
He had heard everything Legrasse knew of the cult.
Slišal je vse, kar je Legrasse vedel o kultu.
And the strange cultish dreams of a sensitive young man.
In čudne kultne sanje občutljivega mladeniča.
The bas-relief just like the one from the swamp.
Basrelief, prav takšen kot tisti iz močvirja.
The addition of the devil tablet in Greenland.
Dodatek hudičeve tablice na Grenlandiji.
The exact same words used in three remote occurrences.
Iste besede, uporabljene v treh oddaljenih primerih.

The Eskimo diabolists, the mongrels in Louisiana, and then Wilcox.

Eskimski diabolisti, mešanci v Louisiani in nato Wilcox.

What other conclusion could one possibly have come to?

Do kakšnega drugega sklepa bi sploh lahko prišel?

It's only natural Professor Angel pursued this conclusion.

Povsem naravno je, da je profesor Angel prišel do tega zaključka.

And I wouldn't have expected him to be less thorough.

In ne bi pričakoval, da bo manj temeljit.

My great-uncle was a man of principled academic rigor.

Moj prastric je bil mož načelne akademske strogosti.

Though privately I also had other plausible theories.

Čeprav sem imel zasebno tudi druge verjetne teorije.

I suspected young Wilcox of having heard of the cult.

Sumil sem, da je mladi Wilcox že slišal za kult.

Maybe he had heard of the cult in some indirect way.

Morda je za kult slišal na kakšen posreden način.

He could easily have invented a series of dreams.

Z lahkoto bi si lahko izmislil vrsto sanj.

That way he could heighten and continue the mystery.

Tako je lahko stopnjeval in nadaljeval skrivnost.

The dream-narratives and cuttings collected did of course corroborate.

Zbrane sanjske pripovedi in izrezki so to seveda potrdili.

But the rationalism of my mind had not yet been satisfied.

Toda racionalizem mojega uma še ni bil potešen.

Coincidences can form highly believable illusions too.

Tudi naključja lahko ustvarijo zelo verjetne iluzije.

And we have to bear in mind the extravagance of the whole subject.

In upoštevati moramo ekstravaganco celotne teme.

So I was led to adopt what I thought the most sensible conclusions.

Tako sem se odločil sprejeti sklepe, ki so se mi zdeli najbolj razumni.

I thoroughly studied the manuscript from the beginning.

Rokopis sem od začetka temeljito preučil.
And I correlated the theosophical and anthropological notes.
In povezal sem teozofske in antropološke zapiske.
I compared the literature with the cult narrative of Legrasse.
Literaturo sem primerjal s kultno pripovedjo Legrassa.
I made a trip to Providence to see the sculptor.
Odpravil sem se v Providence, da bi videl kiparja.
And I intended to give him the rebuke I thought proper.
In nameraval sem ga ošteti tako, kot sem menil, da je primerno.
There must be consequences, I felt, for the trick he played.
Čutil sem, da morajo biti posledice za trik, ki ga je izvedel.
He had boldly imposed himself upon a learned and aged man.
Drzno se je vsiljeval učenemu in ostarelemu možu.

***

Wilcox still lived alone where my uncle had met him.
Wilcox je še vedno živel sam tam, kjer ga je spoznal moj stric.
In the Fleur-de-Lys Building in Thomas Street.
V stavbi Fleur-de-Lys na ulici Thomas.
A hideous Victorian imitation of Seventeenth Century Breton architecture.
Grozljiva viktorijanska imitacija bretonske arhitekture iz sedemnajstega stoletja.
The building flaunted its stuccoed front amidst its surroundings.
Stavba se je s svojo oštukano fasado razkazovala sredi okolice.
There were lovely Colonial houses on the ancient hill.
Na starodavnem hribu so stale čudovite kolonialne hiše.
And the house stood under the shadow of the finest Georgian steeple in America.
In hiša je stala v senci najlepšega gruzijskega zvonika v Ameriki.
I found him at work in his rooms, among his sculptures.

Našel sem ga pri delu v njegovih sobah, med njegovimi skulpturami.

The specimens scattered came from a very unique mind.

Raztreseni primerki so prišli iz zelo edinstvenega uma.

At once I conceded that his genius is indeed profound and authentic.

Takoj sem priznal, da je njegov genij resnično globok in pristen.

He has crystallized in clay that which Arthur Machen evokes in prose.

V glino je kristaliziral tisto, kar Arthur Machen prikliče v prozo.

He mirrored in marble the nightmares Clark Ashton Smith put to canvas.

V marmorju je zrcalil nočne more, ki jih je Clark Ashton Smith prenesel na platno.

He will, I believe, be spoken of one day as one of the great decadents.

Verjamem, da bodo nekega dne o njem govorili kot o enem od velikih dekadentov.

He was dark, frail, and somewhat unkempt in aspect.

Bil je temnopolt, krhek in nekoliko neurejenega videza.

He turned languidly at my knock on his door.

Lenobno se je obrnil, ko sem potrkal na njegova vrata.

He didn't rise from his seat when I came in.

Ko sem prišel noter, ni vstal s sedeža.

And he asked me what the purpose of my visit was.

In vprašal me je, kaj je bil namen mojega obiska.

When I told him who I was his interest was piqued.

Ko sem mu povedal, kdo sem, je vzbudil zanimanje.

My uncle had excited his curiosity by probing his strange dreams.

Moj stric je vzbudil njegovo radovednost z raziskovanjem njegovih nenavadnih sanj.

Although he had never explained the reason for the study.

Čeprav ni nikoli pojasnil razloga za študijo.

I did not enlarge his knowledge in this regard.

Nisem mu širil znanja v tem pogledu.

But I sought with some subtlety to gain his confidence.

Vendar sem si z nekaj prefinjenosti prizadeval pridobiti njegovo zaupanje.

In a short time I became convinced of his absolute sincerity.

V kratkem času sem se prepričal o njegovi popolni iskrenosti.

He spoke of the dreams in a manner none could mistake.

O sanjah je govoril na način, ki ga nihče ni mogel zmotno razumeti.

His dreams' subconscious residuum had influenced his art profoundly.

Podzavestni ostanki njegovih sanj so močno vplivali na njegovo umetnost.

He showed me a morbid statue of the likes I had never seen before.

Pokazal mi je morbiden kip, kakršnega še nisem videl.

The statue's contours almost made me shake with fear.

Obrisi kipa so me skoraj stresli od strahu.

The potency of the statue's black suggestion was overbearing.

Moč črnega predloga kipa je bila premočna.

He could not recall having seen the original of this thing.

Ni se mogel spomniti, da bi kdaj videl original te stvari.

But the statue was inspired by his own dream bas-relief.

Toda kip je bil navdihnjen z njegovim lastnim sanjskim basreliefom.

The outlines had formed themselves insensibly under his hands.

Obrisi so se neopazno oblikovali pod njegovimi rokami.

It was, no doubt, the giant shape he had raved of in delirium.

Nedvomno je bila to tista velikanska postava, o kateri je besnel v deliriju.

That he really knew nothing of the hidden cult he soon made clear.

Da o skritem kultu v resnici ni vedel ničesar, je kmalu dal jasno vedeti.

Only my uncle's relentless catechism had given him some
clues.
Šele stričev neusmiljeni katekizem mu je dal nekaj namigov,
And again I strove to explain the obvious conclusions away.
In spet sem si prizadeval razložiti očitne sklepe.
How he could possibly have received the weird
impressions?
Kako je sploh lahko dobil te čudne vtise?
He talked of his dreams in a strangely poetic fashion.
O svojih sanjah je govoril na nenavadno poetični način.
He made me see with terrible vividness the vistas of his
dream.
Z grozljivo živostjo mi je prikazal prizore njegovih sanj.
The damp Cyclopean city of slimy green stone.
Vlažno kiklopsko mesto iz sluzastega zelenega kamna.
The geometry he oddly said, was all wrong.
Nenavadno je rekel, da je geometrija popolnoma napačna.
And he spoke of what he heard with frightened expectancy.
In o tem, kar je slišal, je govoril s prestrašenim pričakovanjem.
The ceaseless, half-mental calling from underground:
Nenehni, napol miselni klic iz podzemlja:
"Cthulhu fhtagn... Cthulhu fhtagn"
"Cthulhu fhtagn ... Cthulhu fhtagn"
These words had formed part of that dreaded ritual.
Te besede so bile del tistega strašnega rituala.
The ritual the told of dead Cthulhu's dream-vigil.
Ritual je pripovedoval o bdenju v sanjah mrtvega Cthulhuja.
The ritual that told of his stone vault at R'lyeh.
Ritual, ki je pripovedoval o njegovem kamnitem trezorju v
R'lyehu.
And I felt deeply moved, despite my rational beliefs.
In kljub svojim racionalnim prepričanjem sem bil globoko
ganjen.
Wilcox, I was sure, had heard of the cult in some casual way.
Bil sem prepričan, da je Wilcox za kult že slišal mimogrede.
He spent his time in a mass of equally weird literature.
Svoj čas je preživljal v množici prav tako nenavadne literature.

He must have forgotten the source of his knowledge.
Verjetno je pozabil vir svojega znanja.
Later the cult had found subconscious expression in his dreams.
Kasneje se je kult podzavestno odražal v njegovih sanjah.
But this is natural when stories are so impressive.
Ampak to je naravno, ko so zgodbe tako impresivne.
Finally the cult's ideas manifested themselves in the bas-relief.
Končno so se ideje kulta manifestirale v basreliefu.
And now the subject of the cult manifested itself in the terrible statue.
In zdaj se je subjekt kulta manifestiral v groznem kipu.
I was convinced his imposture upon my uncle had been very innocent.
Bil sem prepričan, da je bila njegova prevara mojega strica zelo nedolžna.
He both slightly affected, and slightly ill-mannered.
Bil je rahlo prizadet in rahlo nevljuden.
He had a disposition which I could never like.
Imel je značaj, ki mi nikoli ni bil všeč.
But I was willing enough now to admit his genius.
Ampak zdaj sem bil dovolj pripravljen priznati njegov genij.
And I have no way of denying his honesty either.
In tudi njegove iskrenosti ne morem zanikati.
Despite my initial feelings, I took leave of him amicably.
Kljub začetnim občutkom sem se od njega prijateljsko poslovil.
And I wish him all the success his talent promises.
In želim mu ves uspeh, ki ga obljublja njegov talent.

***

The matter of the cult continued to fascinate me.
Zadeva kulta me je še naprej fascinirala.
At times I had visions of the personal fame I could attain.
Včasih sem imel vizije o osebni slavi, ki bi jo lahko dosegel.
I visited New Orleans and talked with Legrasse.

Obiskal sem New Orleans in se pogovarjal z Legrassejem.
And I spoke with other policemen of that swamp raid.
In govoril sem z drugimi policisti tiste racije v močvirju.
I saw the frightful image with my own eyes.
Na lastne oči sem videl grozljivo podobo.
And I even questioned some of the surviving mongrel prisoners.
In celo zaslišal sem nekatere preživele zapornike mešance.
Old Castro, unfortunately, had been dead for some years.
Stari Castro je bil na žalost že nekaj let mrtev.
What I now heard so graphically at first hand excited me afresh.
Kar sem zdaj tako nazorno slišal iz prve roke, me je znova navdušilo.
Though it was really no more than a detailed confirmation.
Čeprav je šlo v resnici le za podrobno potrditev.
What they told me I had already read in my uncle's notes.
Kar so mi povedali, sem že prebral v stričevih zapiskih.
I felt sure that I was on the track of a very real secret.
Bil sem prepričan, da sem na sledi resnični skrivnosti.
And I was sure I was going to discover a very ancient religion.
In bil sem prepričan, da bom odkril zelo starodavno religijo.
The discovery would make me an anthropologist of note.
Zaradi tega odkritja bi postal pomemben antropolog.
My attitude was still one of absolute rational materialism.
Moj odnos je bil še vedno odnos absolutnega racionalnega materializma.
And I wish my attitude to the subject matter had not changed.
In želel bi si, da se moj odnos do teme ne bi spremenil.
I discounted with almost inexplicable perversity the coincidences.
Z skoraj nerazložljivo perverznostjo sem naključja zavrnil.
The dream notes and odd cuttings collected by Professor Angell.

Sanjski zapiski in nenavadni izrezki, ki jih je zbral profesor Angell.

One thing I began to doubt was the cause of my uncle's death.

Začel sem dvomiti o vzroku stričeve smrti.

I began to suspect his death was far from natural.

Začel sem sumiti, da njegova smrt še zdaleč ni bila naravna.

And I now fear I know my uncle's death was not natural.

In zdaj se bojim, da vem, da stričeva smrt ni bila naravna.

It was on a narrow hill street where he fell.

Padel je na ozki hribovski ulici.

The street lead up from the ancient waterfront.

Ulica je vodila od starodavnega nabrežja navzgor.

The port-town swarms with foreign mongrels.

Pristaniško mesto mrgoli s tujimi mešanci.

He fell after a careless push from a negro sailor.

Padel je po neprevidnem sunku črnskega mornarja.

I had not forgotten the mixed blood of the cult-members in Louisiana.

Nisem pozabil mešane krvi članov kulta v Louisiani.

I had not forgotten the sailors in the voodoo orgy.

Nisem pozabil mornarjev v vudu orgiji.

And would not be surprised to learn that they had other knowledge too.

In ne bi bil presenečen, če bi izvedel, da imajo tudi drugačno znanje.

Secret methods as anciently known as the cryptic rites.

Skrivne metode, kot so jih v preteklosti poznali kot kriptični obredi.

Poison needles as ruthless their demonic beliefs.

Strupene igle so bile neusmiljene do svojih demonskih prepričanj.

Legrasse and his men, it is true, have been let alone.

Res je, da so Legrasseja in njegove može pustili pri miru.

But in Norway a certain seaman who saw things is dead.

Toda na Norveškem je mrtev neki mornar, ki je videl stvari.

Might not sinister ears have picked up my uncle's interest in the sculptor?

Mar niso zlovešča ušesa zaznala zanimanja mojega strica za kiparja?

Might not the deeper inquiries of my uncle have drawn someone's attention?

Mar niso poglobljena poizvedovanja mojega strica morda pritegnila koga od pozornosti?

I think Professor Angell died because he knew too much.

Mislim, da je profesor Angell umrl, ker je vedel preveč.

Or he died because he was likely to learn too much.

Ali pa je umrl, ker se je verjetno preveč naučil.

Whether I shall go out as he did remains to be seen.

Ali bom šel ven tako kot on, bomo še videli.

Because I too have learned much about Cthulhu.

Ker sem se tudi jaz veliko naučil o Cthulhuju.

The Madness from the Sea
Norost iz morja

There is one great boon heaven could grant me.
Nebo mi lahko podeli en velik blagoslov.
The total effacing of the results of a mere chance.
Popolno izbris rezultatov golega naključja.
I wish I had never seen that stray piece of paper.
Želim si, da ne bi nikoli videl tistega zapuščenega kosa
papirja.
My daily routine would normally not have taken me there.
Moja vsakodnevna rutina me običajno ne bi pripeljala tja.
On any other day I would not have noticed anything.
Na kateri koli drug dan ne bi opazil ničesar.
It was an old number of an Australian journal.
Bila je stara številka avstralske revije.
The Sydney Bulletin for April 18, 1925
Sydneyjski bilten za 18. april 1925
The paper had even slipped past the cutting bureau.
Papir je celo zdrsnil mimo rezalnika.
I had largely given over my inquiries to a friend.
Svoja vprašanja sem večinoma prepustil prijatelju.
He had taken on the work of most of the research.
Prevzel je večino raziskovalnega dela.
He had come to refer to the group as the "Cthulhu Cult".
Skupino je začel imenovati "kult Cthulhu".
I was visiting my learned friend of Paterson, New Jersey.
Obiskal sem svojega učenega prijatelja v Patersonu v New
Jerseyju.
The curator of a local museum, and a mineralogist of note.
Kustos lokalnega muzeja in ugleden mineralog.
While at his museum I had access to the reserved specimens.
Medtem ko sem bil v njegovem muzeju, sem imel dostop do
rezerviranih primerkov.
And this is when an odd picture caught my attention.
In takrat je mojo pozornost pritegnila nenavadna slika.

Beneath one of the stones was the Sydney Bulletin I mentioned.

Pod enim od kamnov je bil Sydneyjski bilten, ki sem ga omenil.

My friend has wide affiliations in all conceivable foreign lands.

Moj prijatelj ima široke povezave v vseh možnih tujih deželah.

The picture was a half-tone cut of a hideous stone image.

Slika je bila poltonski izrez grozljive kamnite podobe.

Almost identical with the stone Legrasse had found in the swamp.

Skoraj enak kamnu, ki ga je Legrasse našel v močvirju.

Eagerly I read the article for its precious contents.

Članek sem z navdušenjem prebral zaradi njegove dragocene vsebine.

But I was disappointed to find that it was just a short article.

Bil pa sem razočaran, ko sem ugotovil, da je bil to le kratek članek.

Although brief, the information was of portentous significance.

Čeprav kratka, je bila informacija izjemnega pomena.

***

"MYSTERY DERELICT FOUND AT SEA"

"SKRIVNOSTNA ZAPUŠČENA TORBA NAJDENA NA MORJU"

Vigilant Arrives With Helpless Armed New Zealand Yacht in Tow.

Buden prispel z nemočno oboroženo novozelandsko jahto v vleki.

One Survivor and one Dead Man Found Aboard.

Na krovu so našli enega preživelega in enega mrtvega moškega.

Tale of Desperate Battle and Deaths at Sea.

Zgodba o obupani bitki in smrtih na morju.

Rescued Seaman Refuses Particulars of Strange Experience.

Rešeni mornar zavrača podrobnosti o nenavadni izkušnji.
Odd Idol Found in His Possession, Inquiry to Follow.
V njegovi lasti so našli nenavadnega idola, preiskava sledi.
The Alert of Dunedin yacht, N.Z., had been disabled in battle.
Jahta Alert iz Dunedina na Novi Zelandiji je bila v bitki onesposobljena.
Previously the ship had left from Valparaiso on March 25th.
Pred tem je ladja iz Valparaisa odplula 25. marca.
On April 2nd the ship was driven considerably south of her course.
2. aprila je ladjo odneslo precej južneje od njene smeri.
Exceptionally heavy storms had redirected the ship.
Izjemno močne nevihte so preusmerile ladjo.
Monster waves forced the ship to take a different route.
Čudoviti valovi so ladjo prisilili, da je ubrala drugo pot.
On April 12th the ship was sighted by another ship.
12. aprila je ladjo opazila druga ladja.
Latitude 34° 21', Longitude 152° 17'
Zemljepisna širina 34° 21', zemljepisna dolžina 152° 17'
Initially they thought the ship had been deserted.
Sprva so mislili, da je ladja zapuščena.
But one still living man had been found on board.
Vendar so na krovu našli enega še živega moškega.
This lone survivor was in a half-delirious condition.
Ta edini preživeli je bil v napol deliričnem stanju.
The only other victim found was a man already dead a week.
Edina druga najdena žrtev je bil moški, ki je bil že teden dni mrtev.
Now the heavily armed steam yacht was being towed.
Zdaj so vlekli težko oboroženo parno jahto.
And this morning the ship was coming in to its wharf.
In to jutro je ladja prihajala na pomol.
The living man was clutching a horrible stone idol.
Živi mož je stiskal grozljiv kamniti idol.
The stone idol was about a foot in height.
Kamniti idol je bil visok približno trideset centimetrov.

And the origins of the stone were completely unknown.
In izvor kamna je bil popolnoma neznan.
Authorities at Sydney university were baffled.
Oblasti na univerzi v Sydneyju so bile zmedene.
The Royal Society couldn't offer information about the idol.
Kraljeva družba ni mogla ponuditi informacij o idolu.
And the Museum in College street had no insights either.
In tudi muzej na College Streetu ni imel nobenih vpogledov.
The survivor says he found the stone in the cabin of the yacht.
Preživeli pravi, da je kamen našel v kabini jahte.
Allegedly the idol was in a small carved shrine.
Domnevno je bil idol v majhnem izrezljanem svetišču.
And the carvings of the shrine were of common pattern.
In rezbarije v svetišču so bile običajnega vzorca.
This man eventually recovered back to his senses.
Ta moški si je sčasoma opomogel.
And he told an exceedingly strange story of piracy and slaughter.
In povedal je izjemno nenavadno zgodbo o piratstvu in pokolu.
He is Gustaf Johansen, a Norwegian of some intelligence.
To je Gustaf Johansen, Norvežan z nekaj inteligence.
And he had been second mate of the two-masted schooner Emma of Auckland.
In bil je drugi častnik na dvojamborni škuni Emma iz Aucklanda.
The ship sailed for Callao February 20th, manned by eleven sailors.
Ladja je 20. februarja odplula proti Callau, na njej pa je bilo enajst mornarjev.
The ship, he says, was delayed and thrown widely south of her course.
Ladja, pravi, je imela zamudo in jo je vrglo daleč južneje od svoje smeri.
There was a great storm on March 1st, and on March 22nd.
1. marca in 22. marca je bila velika nevihta.

On their journey they encountered another ship.

Na svoji poti so srečali še eno ladjo.

This was in S. Latitude 49° 51′, W. Longitude 128° 34′

To je bilo na južni zemljepisni širini 49° 51′, zahodni zemljepisni dolžini 128° 34′

This ship was manned by a queer and evil-looking crew.

To ladjo je upravljala nenavadna in zlobna posadka.

All the men were of Kanakas and half-castes.

Vsi moški so bili Kanaki in mešanci.

Being ordered peremptorily to turn back, Capt. Collins refused.

Kapitan Collins je dobil odločen ukaz, naj se vrne, vendar je to zavrnil.

Without warning the strange crew began to shoot savagely upon the schooner.

Brez opozorila je čudna posadka začela divje streljati na škuno.

They shot a peculiarly heavy battery of brass cannon.

Streljali so iz nenavadno težke baterije medeninastih topov.

The men from his ship showed fighting spirit, says the survivor.

Možje z njegove ladje so pokazali borbeni duh, pravi preživeli.

The schooner began to sink from shots beneath the waterline.

Škuna se je zaradi strelov pod vodno gladino začela potapljati.

But they managed to heave alongside their enemy boat, and board her.

Vendar jim je uspelo, da so se prebili ob bok sovražnega čolna in se nanj vkrcali.

They grappled with the savage crew on the yacht's deck.

Spopadli so se z divjo posadko na palubi jahte.

Their mode of fighting seemed to be strangely clumsy.

Njihov način bojevanja se je zdel nenavadno neroden.

But defeat did not seem to be an option for these savage men.

Toda poraz se za te divjake ni zdel možnost.

They had a particularly abhorrent and desperate way of fighting.

Imeli so še posebej odvraten in obupan način bojevanja.

So they had no choice but to kill all men of the enemy ship.

Torej niso imeli druge izbire, kot da pobijejo vse moške na sovražni ladji.

Three of their men were also killed in the fight.

V boju so bili ubiti tudi trije njihovi možje.

Capt. Collins and First Mate Green were among the dead.

Med mrtvimi sta bila kapitan Collins in prvi častnik Green.

Second Mate Johansen took over control from First Mate Green.

Drugi častnik Johansen je prevzel nadzor od prvega častnika Greena.

And the remaining eight men proceeded to navigate the captured yacht.

Preostalih osem mož pa je nadaljevalo z navigacijo po zaseženi jahti.

They proceeded to continue in the original direction they were going.

Nadaljevali so v prvotni smeri, v katero so šli.

To see if there had been any reason they were ordered to turn around.

Da bi ugotovili, ali obstaja kakšen razlog, so jim ukazali, naj se obrnejo.

***

The next day, it appears, they landed on a small island.

Naslednji dan so očitno pristali na majhnem otoku.

Although no island is known to exist in that part of the ocean.

Čeprav v tem delu oceana ni znanega nobenega otoka.

Six of the men somehow died ashore while on the island.

Šest moških je nekako umrlo na obali, medtem ko so bili na otoku.

Though Johansen is queerly reticent about this part of his story.

Čeprav je Johansen glede tega dela svoje zgodbe nenavadno zadržan.

And he speaks only of their falling into a rock chasm.

In govori le o njihovem padcu v skalno prepad.

Later, it seems, he and one companion boarded the yacht.

Kasneje se je, kot kaže, z enim od spremljevalcev vkrcal na jahto.

Together they tried to sail the ship, undermanned.

Skupaj so poskušali krmariti z ladjo, saj so imeli premalo posadke.

But they were beaten about by the storm of April 2nd.

Vendar jih je 2. aprila pretepla nevihta.

From that time till his rescue on the 12th, the man remembers little.

Od takrat do rešitve 12. se moški malo spominja.

And he does not even recall when William Briden, his companion, died.

In niti se ne spomni, kdaj je umrl William Briden, njegov spremljevalec.

Autopsy could reveal no obvious cause to Briden's death.

Obdukcija ni pokazala očitnega vzroka Bridenove smrti.

The most likely cause of death is exposure to the elements.

Najverjetnejši vzrok smrti je izpostavljenost elementom.

The Dunedin reported that their boat, the Alert, was well known.

Dunedin je poročal, da je njihov čoln Alert dobro znan.

The island traders bore an evil reputation along the waterfront.

Otoški trgovci so imeli ob obali slab sloves.

The ship was owned by a curious group of half-castes.

Ladja je bila v lasti nenavadne skupine mešancev.

Frequent meetings and night trips to the woods attracted curiosity.

Pogosta srečanja in nočni izleti v gozd so pritegnili radovednost.

The ship had set sail in great haste on March 1st.

Ladja je 1. marca v veliki naglici odplula.

Just after the storm, and the earth tremors that night.

Takoj po nevihti in tresljajih tal tisto noč.

Our Auckland correspondent gives the Emma excellent reputation.

Naš dopisnik iz Aucklanda daje Emmi odličen sloves.

The Crew from the Emma were held very in high regard.

Posadka z ladje Emma je bila zelo spoštovana.

And Johansen is described as a sober and worthy man.

In Johansen je opisan kot trezen in vreden človek.

The admiralty will institute an inquiry on the whole matter.

Admiraliteta bo sprožila preiskavo celotne zadeve.

Starting tomorrow they will collect all relevant information.

Od jutri naprej bodo zbirali vse relevantne informacije.

Every effort will be made to induce Johansen to speak.

Storili bomo vse, da Johansena prepričamo, da spregovori.

This and the hellish image were all the information I had to go on.

To in peklenska podoba sta bili vse informacije, na podlagi katerih sem lahko nadaljeval.

But what a train of ideas that little information started in my mind!

Ampak kakšen niz idej mi je ta majhna informacija sprožila v glavi!

Here were new treasuries of data on the Cthulhu Cult.

Tu so bile nove zakladnice podatkov o kultu Cthulhu.

The cult not only had interests on land.

Kult ni imel le interesov na kopnem.

Now there was evidence they also had connections to the sea.

Zdaj so obstajali dokazi, da so imeli povezave tudi z morjem.

What motive prompted the hybrid crew to order back the Emma?

Kateri motiv je spodbudil hibridno posadko, da je naročila vrnitev Emme?

Why did they sail about with their hideous idol?

Zakaj so pluli naokoli s svojim gnusnim idolom?

What was the unknown island on which six of the Emma's crew had died?

Kateri je bil neznani otok, na katerem je umrlo šest članov posadke ladje Emma?

And why was Johansen so secretive about their death?

In zakaj je bil Johansen tako skrivnosten glede njune smrti?

What had the vice-admiralty's investigation brought out?

Kaj je razkrila preiskava viceadmiralitete?

And what was known of the noxious cult in Dunedin?

In kaj je bilo znanega o škodljivem kultu v Dunedinu?

Nor could one help but marvel at the timing of the events.

Prav tako se nihče ni mogel ne čuditi časovnemu usklajenosti dogodkov.

There was a deep and more than natural linkage between the dates.

Med datumi je obstajala globoka in več kot naravna povezava.

A malign and now undeniable significance to the various turns of events.

Zlobni in zdaj neizpodbitni pomen za različne preobrate dogodkov.

***

My uncle had noted with great care the connecting events.

Moj stric je zelo skrbno zabeležil povezane dogodke.

On March 1st the earthquake and storm had come.

Prvega marca sta prišla potres in nevihta.

February 28th, according to the International Date Line.

28. februarja, glede na mednarodno datumsko mejo.

From Dunedin the noisome crew of the Alert darted eagerly forth.

Iz Dunedina se je hrupna posadka ladje Alert vneto pognala naprej.

They moved as if they had been imperiously summoned.

Premikali so se, kot da bi jih kdo ukazovalno poklical.

On the other side of the earth the other events unfolded.

Na drugi strani Zemlje so se odvijali drugi dogodki.

Poets and artists had begun to have their strange dreams.

Pesniki in umetniki so začeli imeti svoje nenavadne sanje.

Dreams of a dank Cyclopean city from times long gone.

Sanje o vlažnem kiklopskem mestu iz davno minulih časov.

A young sculptor was persuaded by these dreams too.

Tudi mladega kiparja so te sanje prepričale.

In his sleep he molded the form of the dreaded Cthulhu.

V spanju je oblikoval podobo strašnega Cthulhuja.

On March 23rd the crew of the Emma landed on an unknown island.

23. marca je posadka ladje Emma pristala na neznanem otoku.

There on that island they left six men dead.

Tam na tem otoku so pustili šest mrtvih mož.

On that date the dreams of sensitive men assumed a heightened vividness.

Tistega dne so sanje občutljivih moških postale še bolj žive.

Their dreams darkened with dread of a giant monster's malign pursuit.

Njihove sanje so se zatemnile od groze pred zlobnim zasledovanjem velikanske pošasti.

One architect went mad from his dreams that night.

Tisto noč je nekemu arhitektu zmešalo sanje.

And a sculptor had lapsed suddenly into delirium!

In kipar je nenadoma padel v delirij!

And then there was the storm of April 2nd.

In potem je bila tu še nevihta 2. aprila.

The date on which all dreams of the dank city ceased.

Datum, ko so se končale vse sanje o vlažnem mestu.

Wilcox emerged unharmed from the bondage of strange fever.

Wilcox se je nepoškodovan izvlekel iz spon čudne mrzlice.

And everything appeared to be normal again.

In vse se je spet zdelo normalno.

But what about the hints old Castro had suggested?

Kaj pa namigi, ki jih je predlagal stari Castro?

What about the sunken, star-born old ones?

Kaj pa potopljeni, zvezdniški starci?

What about their promised return and coming reign?

Kaj pa njihova obljubljena vrnitev in prihajajoča vladavina?

What about their faithful cult and their mastery of dreams?

Kaj pa njihov zvesti kult in njihovo obvladovanje sanj?

Was I tottering on the brink of cosmic horrors?

Sem se zibal na robu kozmičnih grozot?

Cosmic horrors far beyond man's power to bear?

Kozmične grozote, ki jih človek ne more prenesti?

If so, they must be horrors of the mind alone.

Če je tako, morajo biti to zgolj grozote uma.

On the second of April there was sudden coordinated calm.

Drugega aprila je nenadoma zavladal usklajen mir.

The monstrous menace that sieged mankind's soul had vanished.

Pošastna grožnja, ki je oblegala človeško dušo, je izginila.

That evening I made all necessary arrangements for onwards travel.

Tisti večer sem uredil vse potrebne priprave za nadaljnje potovanje.

I bade my host adieu and took a train for San Francisco.

Poslovil sem se od gostitelja in se z vlakom odpeljal v San Francisco.

***

In less than a month I was at the port of Dunedin.

Čez manj kot mesec dni sem bil v pristanišču Dunedin.

Here, however, my investigation stumbled slightly.

Tukaj pa se je moja preiskava nekoliko spotaknila.

I inquired in the old sea taverns where the men had lingered.

V starih morskih gostilnah sem povprašal, kje so se moški zadrževali.

But little was known of the strange cult members.

Toda o čudnih članih kulta je bilo znanega le malo.

Waterfront scum was far too common for special mention.

Obrečna lopa je bila preveč pogosta, da bi jo posebej omenjali.

But there was vague talk about one inland trip these mongrels had made.

Vendar se je nejasno govorilo o enem potovanju teh mešancev v notranjost.

Faint drumming and red flames were noted on the distant hills.

Na oddaljenih hribih so se slišali šibki bobni in rdeči plameni.

In Auckland I learned only a little more of Johansen.

V Aucklandu sem o Johansenu izvedel le malo več.

He had been taken to Sydney for the investigation.

Odpeljali so ga v Sydney na preiskavo.

A perfunctory and inconclusive questioning turned his hair white.

Površno in neprepričljivo spraševanje mu je pobelilo lase.

Thereafter he sold his cottage in West Street.

Nato je prodal svojo kočo na West Streetu.

And he sailed with his wife to his old home in Oslo.

In z ženo je odplul v svoj stari dom v Oslu.

His experience had clearly stirred him deeply.

Njegova izkušnja ga je očitno globoko ganila.

But he told his friends no more than he had told the admiralty officials.

Prijateljem pa ni povedal nič več, kot je povedal uradnikom admiralitete.

And all they could do was to give me his Oslo address.

In vse, kar so lahko storili, je bilo, da so mi dali njegov naslov v Oslu.

After that I went to Sydney and talked profitlessly with seamen.

Po tem sem odšel v Sydney in se brezplodno pogovarjal z mornarji.

Members of the vice-admiralty court could not enlighten me either.

Tudi člani viceadmiralskega sodišča me niso mogli razsvetliti.

I tracked the Alert down to Circular Quay in Sydney Cove.

Alerta sem izsledil do Circular Quaya v Sydney Coveu.

The ship had been sold and was again in commercial use.
Ladja je bila prodana in je bila spet v komercialni uporabi.
But I could gain no further clues from the ship's cargo.
Vendar iz ladijskega tovora nisem mogel dobiti nobenih
nadaljnjih namigov.
The image was preserved in the Museum at Hyde Park.
Slika je bila shranjena v muzeju v Hyde Parku.
The cuttlefish head, dragon body, and scaly wings.
Glava sipe, telo zmaja in luskasta krila.
The monster crouching atop the hieroglyphed pedestal.
Pošast, ki čepi na vrhu hieroglifskega podstavka.
I studied every detail of the idol long and well.
Vsako podrobnost idola sem dolgo in dobro preučil.
The relic was a thing of balefully exquisite workmanship.
Relikvija je bila stvar zlovešče izvrstne izdelave.
I couldn't help but notice the similarity to Legrasse's smaller
specimen.
Nisem se mogel znebiti podobnosti z manjšim Legrassejevim
primerkom.
Both idols had the same utter mystery and terrible antiquity.
Oba idola sta imela enako popolno skrivnost in strašno
starodavnost.
And both idols had the same unearthly strangeness of
material.
In oba idola sta imela enako nezemeljsko nenavadnost
materiala.
Geologists, the curator told me, had found it a monstrous
puzzle.
Geologi, mi je povedal kustos, so to našli kot pošastno uganko.
They insisted that the world held no rock like this one.
Vztrajali so, da na svetu ni takšne skale.
Then I thought with a shudder of what old Castro had told
Legrasse.
Potem sem se z grozo spomnil, kaj je stari Castro povedal
Legrasseju.
The tale of the primal great ones, sunken under the sea.
Zgodba o prvinskih velikanih, potopljenih pod morjem.

"They had come from the stars."
"Prišli so z zvezd."
"They had brought their images with them."
"S seboj so prinesli svoje podobe."
I was shaken with a mental revolution as I had never before known.
Pretresla me je miselna revolucija, kakršne še nisem doživel.
I was now completely resolved to visit Mate Johansen in Oslo.
Zdaj sem bil popolnoma odločen, da obiščem Mateja Johansena v Oslu.
Sailing for London, I re-embarked at once for the Norwegian capital.
Ko sem odplul proti Londonu, sem se takoj znova vkrcal na ladjo za norveško prestolnico.
And one autumn day I landed at the wharves.
In nekega jesenskega dne sem pristal na pomolih.

***

Johansen's hometown was in the shadow of the Egeberg.
Johansenovo rojstno mesto je bilo v senci Egeberga.
I discovered he lived in the Old Town of King Harold Haardrada.
Odkril sem, da je živel v starem mestnem jedru kralja Harolda Haardrade.
For centuries the greater city had masqueraded as "Christiania".
Večje mesto se je stoletja pretvarjalo, da je "Kristianija".
King Harald Hardrada kept alive the name of Oslo.
Kralj Harald Hardrada je ohranil ime Oslo.
I made the brief trip to his residences by taxicab.
Na kratko pot do njegove rezidence sem se odpeljal s taksijem.
A neat and ancient building with plastered front.
Lepa in starodavna stavba z ometano fasado.
And I knocked with palpitant heart at the door.
In s razbijajočim srcem sem potrkal na vrata.

A sad-faced woman in black answered my summons.

Na moj klic se je odzvala žalostna ženska v črnem.

I was stung with disappointment at the sight.

Ob prizoru me je prešinilo razočaranje.

She told me in halting English that Gustaf Johansen was no more.

V oklevajoči angleščini mi je povedala, da Gustafa Johansena ni več.

He had not long survived his return, said his wife.

Ni dolgo preživel svoje vrnitve, je povedala njegova žena.

The doings at sea in 1925 had broken him.

Dogajanja na morju leta 1925 so ga zlomila.

He had told her no more than he had told the public.

Povedal ji ni nič več, kot je povedal javnosti.

But he had left a long manuscript of "technical matters".

Vendar je za seboj pustil dolg rokopis "tehničnih zadev".

These notes of the voyage had been written in English.

Ti zapiski o potovanju so bili napisani v angleščini.

Evidently in order to safeguard her from the peril of casual perusal.

Očitno zato, da bi jo zaščitili pred nevarnostjo naključnega pregleda.

He had gone for a walk through a narrow lane near the Gothenburg dock.

Sprehodil se je po ozki ulici blizu göteborškega pristanišča.

A bundle of papers falling from an attic window had knocked him down.

Z okna na podstrešju ga je podrl sv* papirjev.

Two Lascar sailors at once helped him to his feet.

Dva lascarska mornarja sta mu takoj pomagala vstati.

But before the ambulance could reach him he was dead.

Toda preden ga je rešilec lahko pripeljal, je bil mrtev.

The physicians found no adequate cause for his death.

Zdravniki niso našli utemeljenega vzroka za njegovo smrt.

They mostly attributed his death to heart trouble.

Njegovo smrt so večinoma pripisali težavam s srcem.

But they added his weakened constitution most likely contributed.

Dodali pa so, da je k temu najverjetneje prispevala njegova oslabljena konstitucija.

I now felt a deep gnawing at my vitals.

Zdaj sem čutil globoko glodanje svojih vitalnih organov.

A dark terror which will never leave me till I, too, am at rest.

Temna groza, ki me ne bo zapustila, dokler tudi jaz ne bom v miru.

Whether my death will come "accidentally" or not I can't tell.

Ali bo moja smrt prišla "naključno" ali ne, ne morem reči.

I spoke to the widow about her husband's work.

Z vdovo sem se pogovarjal o delu njenega moža.

And I persuaded her I had a "technical" connection to him.

In prepričal sem jo, da imam z njim "tehnično" povezavo.

So she felt I was sufficiently entitled to the manuscript.

Zato je menila, da sem dovolj upravičen do rokopisa.

And so I attained the dead man's writing.

In tako sem dosegel mrtvačevo pisanje.

I began to read the documents on the boat to London.

Na ladji za London sem začel brati dokumente.

They were little more than simple, rambling notes.

Bili so le preprosti, neskladni zapiski.

A naive sailor's effort at a post-facto diary.

Naivni mornarjev poskus pisanja dnevnika po nastanku filma.

He strove to recall that last awful voyage day by day.

Dan za dnem si je prizadeval, da bi se spominjal tistega zadnjega groznega potovanja.

I cannot attempt to transcribe his notes verbatim.

Ne morem poskušati dobesedno prepisati njegovih zapiskov.

The manuscript is clouded with vagueness and redundance.

Rokopis je prekrit z nejasnostjo in odvečnostjo.

But I will tell the gist of what he wrote.

Ampak povedal bom bistvo tega, kar je napisal.

Perhaps then you will understand why I stuffed my ears with cotton.

Morda boš potem razumel, zakaj sem si ušesa zatipal z vato.

The sound of the water against the vessel's sides became unendurable.

Zvok vode ob bokih ladje je postal neznosen.

***

Johansen, thank God, did not quite know what he had seen.

Johansen, hvala bogu, ni povsem vedel, kaj je videl.

But it is evident he had seen the city and the Thing.

Vendar je očitno, da je videl mesto in Stvar.

I shall never sleep calmly again when I think of the horrors.

Nikoli več ne bom mirno spal, ko bom pomislil na grozote.

The horrors that lurk ceaselessly behind life in time and space.

Grozote, ki se nenehno skrivajo za življenjem v času in prostoru.

Those unhallowed blasphemies that come from elder stars.

Tiste nesvete bogokletstva, ki prihajajo s starejših zvezd.

Dreamers beneath the sea known only by a nightmare cult.

Sanjači pod morjem, ki jih pozna le kult nočnih mor.

A cult ready and eager to release these monsters into the world.

Kult, ki je pripravljen in željan izpustiti te pošasti v svet.

Whenever another earthquake raises their monstrous stone city again.

Kadar koli nov potres znova dvigne njihovo pošastno kamnito mesto.

When Cthulhu is under the light of the sun once more.

Ko je Cthulhu spet pod sončno svetlobo.

Johansen's voyage had begun just as he told it to the vice-admiralty.

Johansenovo potovanje se je začelo natanko tako, kot je povedal viceadmiraliteti.

The Emma, in ballast, had cleared Auckland on February 20th.

Ladja Emma je z balastom 20. februarja zapustila Auckland.

**The ship had felt the full force of that earthquake-born
tempest.**
Ladja je občutila vso silo tistega potresom povzročenega
viharja.
The horrors from the sea-bottom that filled men's dreams.
Grozote z morskega dna, ki so napolnjevale moške sanje.
**Once under control again the ship was making good
progress.**
Ko je bila ladja spet pod nadzorom, je dobro napredovala.
But then the ship was held up by the Alert on March 22nd.
Toda ladjo je 22. marca ustavila ladja Alert.
**I could feel the mate's regret as he wrote of her
bombardment and sinking.**
Čutil sem obžalovanje častnika, ko je pisal o njenem
bombardiranju in potopitvi.
**Of the swarthy cult-fiends on the other boat he speaks with
horror.**
O temnopoltih pripadnikih kulta na drugem čolnu govori z
grozo.
There was some peculiarly abominable quality about them.
Bilo je nekaj posebno odvratnega v njih.
Something made their destruction seem almost a duty.
Nekaj je njihovo uničenje delalo skoraj kot dolžnost.
**This point was brought up during the proceedings of the
court of inquiry.**
To vprašanje je bilo izpostavljeno med postopkom
preiskovalnega sodišča.
**Johansen shows ingenuous wonder at the accusation of
ruthlessness.**
Johansen kaže naivno začudenje nad obtožbo o brezobzirnosti.
Curiosity is what drove the men on in their captured yacht.
Radovednost je tisto, kar je gnalo moške naprej na njihovi
zaseženi jahti.
Sticking out of the sea the men sighted a great stone pillar.
Možje so iz morja zagledali velik kamniti steber.
**In South Latitude 47° 9', West Longitude 126° 43' they come
upon a coastline.**

Na južni zemljepisni širini 47° 9' in zahodni zemljepisni dolžini 126° 43' pridejo do obale.

The coastline was of mingled mud, ooze, and weedy Cyclopean masonry.

Obala je bila sestavljena iz mešanice blata, mulja in zaraščenega kiklopskega zidu.

Nothing less than the tangible substance of earth's supreme terror.

Nič manj kot oprijemljiva substanca najvišjega zemeljskega terorja.

They had come across the nightmare corpse-city of R'lyeh.

Naleteli so na nočno moro trupelnega mesta R'lyeh.

A city built in measureless eons behind history.

Mesto, zgrajeno v neizmernih eonih za zgodovino.

Monuments to vast loathsome shapes that seeped down from the dark stars.

Spomeniki ogromnim, gnusnim oblikam, ki so pronicale iz temnih zvezd.

There lay great Cthulhu and his hordes for incalculable cycles.

Tam je ležal veliki Cthulhu in njegove horde nešteto ciklov.

Hidden in green slimy vaults, they sent out their thoughts.

Skriti v zelenih sluzastih trezorjih so pošiljali svoje misli.

The thoughts that spread fear to the dreams of the sensitive.

Misli, ki širijo strah v sanjah občutljivih.

The thoughts that called imperiously to the faithful.

Misli, ki so vzvišeno klicale vernike.

"Come on a pilgrimage of liberation and restoration."

"Pridite na romanje osvoboditve in obnove."

All this horror Johansen had no way of suspecting.

Vse te groze Johansen ni mogel niti slutiti.

But God knows he had soon seen enough!

Toda Bog ve, da je kmalu videl dovolj!

I suppose what they saw was only a single mountain-top.

Predvidevam, da so videli le en sam gorski vrh.

Soon the rest of the city emerged from the waters.

Kmalu se je iz vode pojavil preostali del mesta.

The hideous monolith-crowned citadel where great Cthulhu was buried.
Grozljiva citadela z monolitom, kjer je bil pokopan veliki Cthulhu.
I shudder to think of all that may be brooding down there.
Zgrozi me, ko pomislim na vse, kar se morda skriva tam spodaj.
And I almost wish to kill myself to stop these thoughts.
In skoraj bi se rad ubil, da bi ustavil te misli.

***

Johansen and his men were awed by the cosmic majesty.
Johansen in njegovi možje so bili osupli nad kozmično veličino.
They beheld the sight of this dripping Babylon of elder demons.
Zagledali so prizor tega kapljajočega Babilona starejših demonov.
They must have guessed without guidance what it was they saw.
Verjetno so brez napotkov uganili, kaj vidijo.
What they saw was nothing of this or of any sane planet.
Kar so videli, ni bilo nič od tega ali katerega koli drugega razumnega planeta.
The unbelievable size of the greenish stone blocks.
Neverjetna velikost zelenkastih kamnitih blokov.
The dizzying height of the great carven monolith.
Vrtoglava višina velikega izklesanega monolita.
And then there was the bas-reliefs found on the captured ship.
In potem so bili tu še basreliefi, najdeni na zaseženi ladji.
The colossal statues mirrored the scene on the carvings.
Kolosalni kipi so zrcalili prizor na rezbarijah.
Johansen achieved something very close to futurism.
Johansen je dosegel nekaj zelo podobnega futurizmu.

Because he did not describe any definite structure or building.
Ker ni opisal nobene določene strukture ali zgradbe.
He dwelled on the broad impressions of vast angles and stone surfaces.
Zadrževal se je na širokih vtisih prostranih kotov in kamnitih površin.
Surfaces too great to belong to anything right or proper for this earth.
Površine, prevelike, da bi pripadale čemurkoli pravemu ali primernemu za to zemljo.
Surfaces impious with horrible images and hieroglyphs.
Površine brezbožne z grozljivimi podobami in hieroglifi.
There is a reason I mention his talk about angles.
Obstaja razlog, zakaj omenjam njegov govor o kotih.
It reminds me of something Wilcox had told me of his awful dreams.
Spominja me na nekaj, kar mi je Wilcox povedal o svojih groznih sanjah.
He had said that the geometry of the dream-place he saw was abnormal.
Rekel je, da je geometrija sanjskega kraja, ki ga je videl, nenavadna.
Non-Euclidean spheres unlike anything here on earth.
Neevklidske krogle, kakršne tukaj na Zemlji ni.
Loathsomely redolent dimensions completely unlike ours.
Gnusno dišeče dimenzije, popolnoma drugačne od naših.
Now a seaman was describing the exact same thing.
Zdaj je mornar opisoval popolnoma isto stvar.
They bad both had the same terrible glimpse of this reality.
Oba sta imela enak grozljiv vpogled v to resničnost.
Johansen and his men landed at a sloping mud-bank.
Johansen in njegovi možje so pristali na poševnem blatnem bregovih.
And they looked up at this monstrous Acropolis.
In pogledali so navzgor proti tej pošastni Akropoli.
They clambered slippery up over titan oozy blocks.

Plezali so spolzko čez titanske blatne bloke.

Blocks which could have been no mortal staircase.

Bloki, ki morda niso bili smrtno stopnišče.

The very sun of heaven seemed distorted in this mist.

Samo nebeško sonce se je v tej megli zdelo popačeno.

A polarizing miasma welling out from this sea-soaked perversion.

Iz te z morjem prepojene perverzije vre polarizirajoča miaza.

Twisted menace and suspense lurked in those elusive rocks.

V teh izmuzljivih skalah se je skrivala zvita grožnja in napetost.

A second glance showed concavity where the first showed convexity.

Drugi pogled je pokazal konkavnost, kjer je prvi pokazal konveksnost.

Something very like fright had come over all the explorers.

Vse raziskovalce je preplavil nekaj zelo podobnega strahu.

Each man would have fled had he not feared the scorn of the others.

Vsak bi pobegnil, če se ne bi bal posmeha drugih.

And it was only half-heartedly that they vainly searched.

In le na pol srca so zaman iskali.

They were looking for some portable souvenir to bear away.

Iskali so kakšen prenosni spominek, ki bi ga lahko odnesli s seboj.

It was Rodriguez, the Portuguese, who climbed up the foot of the monolith.

Portugalec Rodriguez se je povzpel ob vznožje monolita.

From there he shouted of what he had found.

Od tam je kričal o tem, kaj je našel.

The rest followed him to the foot of the monolith.

Ostali so mu sledili do vznožja monolita.

They looked curiously at the immense door in front of them.

Z zanimanjem so pogledali ogromna vrata pred seboj.

The now familiar squid-dragon was carved on the door.

Na vratih je bil vklesan zdaj že znani lignji-zmaj.

It was, Johansen said, like a great barn-door.

Bilo je, je rekel Johansen, kot velika hlevska vrata.

Although they said it only gave the impression of a door.

Čeprav so rekli, da je dajalo le vtis vrat.

They could not decide if the door lay flat like a trap-door.

Niso se mogli odločiti, ali so vrata ležala ravno kot pasti.

Or maybe the opening was slanted like an outside cellar-door.

Ali pa je bila odprtina morda poševna kot zunanja kletska vrata.

As Wilcox would have said, the geometry of the place was all wrong.

Kot bi rekel Wilcox, je bila geometrija kraja povsem napačna.

One could not be sure that the sea and the ground were horizontal.

Ni bilo mogoče z gotovostjo trditi, da sta morje in tla vodoravna.

Hence the relative position of everything else seemed phantasmally variable.

Zato se je relativni položaj vsega drugega zdel na videz spremenljiv.

Briden pushed at the stone in several places, without result.

Briden je na več mestih potisnil kamen, vendar brez uspeha.

Then Donovan felt delicately over around the edge of the door.

Nato je Donovan nežno otipal rob vrat.

He climbed interminably along the grotesque stone molding.

Neskončno se je vzpenjal po groteskni kamniti formaciji.

Although, if you could really call it climbing is debatable.

Čeprav, če bi temu res lahko rekli plezanje, je to vprašljivo.

Perhaps the door was more horizontal than vertical.

Morda so bila vrata bolj vodoravna kot navpična.

And the men wondered how any door in the universe could be so vast.

In možje so se spraševali, kako so lahko katera koli vrata v vesolju tako ogromna.

Then, very softly and slowly, something began to happen.

Potem se je, zelo nežno in počasi, nekaj začelo dogajati.
The acre-great panel began to give inward at the top.
Akrovska plošča se je na vrhu začela vdati navznoter.
And they saw that the door had balanced itself.
In videli so, da so se vrata sama uravnotežila.

***

Donovan somehow propelled himself back along the jamb.
Donovan se je nekako pognal nazaj vzdolž podboja.
And everyone watched the queer recession of the monstrously carven portal.
In vsi so opazovali nenavadno umikanje pošastno izrezljanega portala.
In this fantasy of prismatic distortion it moved anomalously in a diagonal way.
V tej fantaziji prizmatične distorzije se je anomalno gibala diagonalno.
All the rules of matter and perspective seemed confused.
Vsa pravila materije in perspektive so se zdela zmedena.
The aperture was black with a darkness almost material.
Odprtina je bila črna, skoraj materialna tema.
That tenebrousness was indeed a positive quality.
Ta mračnost je bila resnično pozitivna lastnost.
The men were spared from seeing the inner walls.
Moški so bili prihranjeni pred ogledom notranjih zidov.
The darkness burst forth like smoke from its eon-long imprisonment.
Tema je iz svojega večno dolgega ujetništva bruhnila kot dim.
The sun was visibly darkened by flapping membranous wings.
Sonce je bilo vidno potemnjeno zaradi mahanja membranskih kril.
And the shadow slunk away into the shrunken and gibbous sky.
In senca se je prikradla v skrčeno in razpotegnjeno nebo.

The odor arising from the newly opened depths was intolerable.

Vonj, ki se je širil iz novo odprtih globin, je bil neznosen.

The quick-eared Hawkins thought he heard a nasty, slopping sound.

Hawkins s hitrim ušesom se je zazdelo, da je slišal grd, pljuskajoč zvok.

His ears were confirmed when It lumbered slobberingly into sight.

Njegova ušesa so se potrdila, ko se je slinjavo prikradlo na vidiku.

Its gelatinous green immensity groped through the black hall.

Njegova želatinasta zelena neizmernost je tipala skozi črno dvorano.

And Its ooze and smell squeezed through the angled door.

In njegova sluz in vonj sta se stiskala skozi poševna vrata.

The Thing went into the tainted air of that poison city of madness.

Stvar je šla v okuženo ozračje tega strupenega mesta norosti.

Poor Johansen's handwriting almost gave out when he wrote of this.

Ubogi Johansen je skoraj izgubil rokopis, ko je to pisal.

He thinks two men perished of pure fright in that accursed instant.

Misli, da sta v tistem prekletem trenutku od čistega strahu umrla dva moška.

The Thing cannot be described with our language.

Stvari ni mogoče opisati z našim jezikom.

There are no words for such abysms of shrieking and immemorial lunacy.

Za takšna brezna kričanja in nepozabne norosti ni besed.

Eldritch contradictions of all matter, force, and cosmic order.

Zlovešča protislovja vse materije, sile in kozmičnega reda.

A mountain that walked and stumbled on the earth. God!

Gora, ki je hodila in se spotikala po zemlji. Bog!

No wonder that across the earth a great architect went mad.

Ni čudno, da je po vsem svetu veliki arhitekt znorel.
No wonder poor Wilcox raved with fever in that telepathic instant.
Ni čudno, da je ubogi Wilcox v tistem telepatskem trenutku besnel od vročine.
The green, sticky spawn of the stars, was walking the earth.
Zeleni, lepljivi zarod zvezd je hodil po zemlji.
The Thing of the idols had awaked to claim his own.
Stvar idolov se je prebudila, da bi zahtevala svoje.
The stars were aligned again, as was predicted.
Zvezde so se spet poravnale, kot je bilo napovedano.
An age-old cult had failed in their duties.
Starodaven kult ni izpolnil svojih dolžnosti.
And a band of innocent sailors fulfilled their role by accident.
In skupina nedolžnih mornarjev je svojo vlogo izpolnila po naključju.
After vigintillions of years great Cthulhu was loose again.
Po vigintilijonih let je bil veliki Cthulhu spet na prostosti.
And now great Cthulhu was ravening for delight.
In zdaj je veliki Cthulhu hrepenel po užitku.
Three men were swept up by the flabby claws before anybody turned.
Tri moške so pometle mlahave kremplje, preden se je kdo obrnil.
God rest them, if there be any rest in the universe.
Bog jim daj pokoj, če je sploh kakšen pokoj v vesolju.
Let it be known that their names were Donovan, Guerrera and Angstrom.
Naj se ve, da so bila njihova imena Donovan, Guerrera in Angstrom.
Parker slipped as he was trying to make his escape.
Parkerju se je spotaknilo, ko je poskušal pobegniti.
The other three were plunging frenziedly back to the boat.
Ostali trije so se mrzlično pognali nazaj proti čolnu.
They ran over endless vistas of green-crusted rock.

Tekli so čez neskončne razglede na zelenkasto skalnato površino.

Johansen swears he was swallowed up by an angle of masonry.

Johansen prisega, da ga je pogoltnil kot zidu.

An angle which shouldn't have been there.

Kot, ki ga tam ne bi smelo biti.

An angle which was acute, but behaved as if it were obtuse.

Kot, ki je bil oster, a se je obnašal, kot da bi bil topi.

Only Briden and Johansen made it back to the boat.

Samo Briden in Johansen sta se vrnila na čoln.

The two men had a moment of good fortune.

Moška sta imela trenutek sreče.

The mountainous monstrosity flopped down on the slimy stones.

Gorska pošast se je zgrudila na sluzasto kamenje.

And the beast hesitated floundering at the edge of the water.

In zver je oklevala in se spotikala ob robu vode.

The steam boat had not entirely run out of hot coals.

Parniku še ni povsem zmanjkalo žerjavice.

Despite the departure of all men for the shore.

Kljub odhodu vseh moških na obalo.

Feverishly the two men rushed up and down between wheels.

Moška sta vročično hitela gor in dol med kolesi.

It was the work of only a few moments to get the engine going.

Le nekaj trenutkov je bilo potrebnih, da se je motor zagnal.

Amidst the distorted horrors of that indescribable scene.

Sredi izkrivljenih grozot tistega neopisljivega prizora.

Slowly their boat began to churn the lethal waters beneath her.

Počasi je njihov čoln začel vzburjati smrtonosne vode pod njo.

And they moved along the masonry of that charnel shore.

In premikali so se vzdolž zidovja tistega grobnega brega.

That strange coastline that was not from this world.

Tista čudna obala, ki ni bila iz tega sveta.

***

The titan Thing from the stars slavered and gibbered.

Titanska Stvar z zvezd je slinila in blebetala.

Like Polypheme cursing the fleeing ship of Odysseus.

Kot Polifem, ki preklinja bežečo Odisejevo ladjo.

Then great Cthulhu slid greasily into the water.

Nato je veliki Cthulhu mastno zdrsnil v vodo.

Bolder and more daring than the storied Cyclops.

Drznejši in bolj drzen kot legendarni Kiklop.

Cthulhu pursued them through the water with cosmic movement.

Cthulhu jih je zasledoval skozi vodo s kozmičnim gibanjem.

Briden looked back from the ship and started laughing shrilly.

Briden se je ozrl z ladje in se začel prodorno smejati.

From that moment Briden continued laughing at odd intervals.

Od tistega trenutka se je Briden v nenavadnih intervalih še naprej smejal.

But Johansen had not given up yet.

Toda Johansen se še ni vdal.

He knew his ship had no chance of outpacing the thing.

Vedel je, da njegova ladja nima nobene možnosti, da bi prehitela to stvar.

So he resolved on taking a desperate chance.

Zato se je odločil, da bo obupano tvegal.

He loaded the furnace and set the engine for full speed.

Naložil je peč in nastavil motor na polno hitrost.

And then he ran lightning-like on deck and reversed the wheel.

In potem je bliskovito stekel na palubo in obrnil krmilo.

There was a mighty eddying and foaming in the noisome brine.

V smrdljivi slanici je bilo močno vrtinčenje in penjenje.

The steam mounted higher and higher into the sky.

Para se je dvigala vedno višje v nebo.

And the brave Norwegian reversed the course of the chase.

In pogumni Norvežan je obrnil potek zasledovanja.

Before him rose the unclean froth like the stern of a demon galleon.

Pred njim se je dvigala nečista pena kot krma demonske galeje.

He drove his vessel head on against the pursuing jelly.

Svojo ladjo je čelno zapeljal proti zasledovalni meduzi.

The awful squid-head came nearly up to the yacht's bowsprit.

Grozna lignjeva glava je skoraj dosegla prečnico jahte.

But Johansen drove on relentlessly against the writhing feelers.

Toda Johansen je neusmiljeno gnal naprej proti zvijajočim se tipalkam.

There was a bursting as of an exploding bladder.

Zaslišalo se je pokanje, kot bi se mehur razpočil.

There was a slushy nastiness as of a cloven sunfish.

Čutila se je sluzasta gnusoba, kot da bi jo zadela sončna riba.

There was a stench as of a thousand opened graves.

Smrad je bil, kot bi se odprli tisoči grobovi.

And there was a sound the chronicler did not put on paper.

In bil je zvok, ki ga kronist ni zapisal.

For an instant the ship was befouled by an acrid cloud.

Za trenutek je ladjo zakril oster oblak.

The green cloud blinded Johansen and the mad man.

Zeleni oblak je oslepil Johansena in norca.

And then there was only a venomous seething astern.

In potem je bilo za krmo le še strupeno kipenje.

But God in heaven! What the two men saw next;

Toda Bog v nebesih! Kaj sta moža videla potem;

The scattered plasticity of that nameless sky-spawn.

Razpršena plastičnost tistega neimenovanega nebeškega izroda.

The injured thing was nebulously recombining.

Poškodovana stvar se je megleno preoblikovala.

Soon Cthulhu would be back in its hateful original form.

Kmalu se bo Cthulhu vrnil v svojo sovražno prvotno obliko.

But their distance was widening with every second.

Toda njuna razdalja se je z vsako sekundo večala.

The ship was gaining impetus from its mounting steam.

Ladja je zaradi naraščajoče pare dobivala zagon.

And eventually the cursed city was over the horizon.

In končno se je prekleto mesto pojavilo na obzorju.

***

He did not try to navigate after their lucky escape.

Po srečnem pobegu ni poskušal navigirati.

His reaction had taken something out of his soul.

Njegova reakcija mu je vzela nekaj iz duše.

He spent his time brooding over the idol in the cabin.

Čas je premišljeval o idolu v koči.

He looked after the laughing maniac in the boat.

V čolnu je opazoval smejočega se manijaka.

And he attended to a few matters such as food.

In posvetil se je nekaj zadevam, kot je hrana.

Then came the storm of April 2nd.

Nato je prišla nevihta 2. aprila.

On that day clouds gathered over his consciousness.

Tistega dne so se nad njegovo zavestjo zbrali oblaki.

There is a sense of pure and refined delirium.

Občutek je čistega in prefinjenega delirija.

Spectral whirling through liquid gulfs of infinity.

Spektralno vrtinčenje skozi tekoče brezna neskončnosti.

Dizzying rides through reeling universes on a comet's tail.

Vrtoglave vožnje skozi vrtoglava vesolja na repu kometa.

Hysterical plunges from the pit to the moon.

Histerični skoki iz jame na luno.

And he plunged back again from the moon to the pit.

In spet se je potopil z lune nazaj v jamo.

A cachinnating chorus of the distorted, hilarious elder gods.

Osupljiv zbor popačenih, smešnih starejših bogov.

And the green bat-winged mocking imps of Tartarus.

In zeleni, netopirjevo krilati, posmehljivi škratki iz Tartarja.

Out of that dream came rescue; the ship Vigilant.

Iz teh sanj je prišla rešitev; ladja Vigilant.

The vice-admiralty court and the streets of Dunedin.

Sodišče viceadmiralitete in ulice Dunedina.

The long voyage back home to the old house by the Egeberg.

Dolga pot nazaj domov, v staro hišo ob Egebergu.

He could not tell anyone of what he had seen.

Nikomur ni smel povedati, kaj je videl.

Had he told the truth they would have thought he had gone mad.

Če bi povedal resnico, bi mislili, da se mu je zmešalo.

So he secretly wrote of what he knew before death came.

Zato je na skrivaj pisal o tem, kar je vedel, preden je prišla smrt.

"Death would be a boon if only it could blot out the memories."

"Smrt bi bila blagoslov, če bi le lahko izbrisala spomine."

That was the document Johansen left behind.

To je bil dokument, ki ga je Johansen pustil za seboj.

And now I have placed this document in the tin box.

In zdaj sem ta dokument dal v pločevinasto škatlo.

In the box is also the dream carved bas-relief.

V škatli je tudi sanjski izrezljan basrelief.

And I have included the papers of Professor Angell.

In vključil sem dokumente profesorja Angella.

With this box shall go this record of mine.

S to škatlo bo šel tudi ta moj zapis.

These notes have become a test of my own sanity.

Ti zapiski so postali preizkus moje lastne razumnosti.

But I hope my discoveries are never be pieced together again.

Ampak upam, da mojih odkritij ne bo nikoli več mogoče sestaviti skupaj.

I have looked upon all that the universe has to hold of horror.

Pogledal sem na vse groze, ki jih vesolje premore.
But now even the skies of spring are darkness to me.
A zdaj je zame celo spomladansko nebo tema.
Even the flowers of summer are forever poison to me.
Celo poletne rože so zame za vedno strup.
But I do not think my life will be long.
Ampak mislim, da moje življenje ne bo dolgo.
As my uncle went, so shall my end come.
Kakor je odšel moj stric, tako bo prišel tudi moj konec.
As poor Johansen went, so shall my time come.
Kakor je odšel ubogi Johansen, tako bo prišel tudi moj čas.
I know too much, and the cult still lives.
Preveč vem, pa kult še vedno živi.
Cthulhu still lives, too, I can only suppose.
Tudi Cthulhu še živi, lahko samo ugibam.
I assume Cthulhu is again in that chasm of stone.
Predvidevam, da je Cthulhu spet v tisti kamniti brezni.
The city which has shielded him since the sun was young.
Mesto, ki ga je varovalo, odkar je bilo sonce mlado.
I know his accursed city is sunken once more.
Vem, da je njegovo prekleto mesto spet potopljeno.
The crew of the Vigilant sailed over the spot after the April storm.
Posadka ladje Vigilant je po aprilski nevihti preplula to mesto.
But his ministers on earth still worship his return.
Toda njegovi služabniki na zemlji še vedno častijo njegov povratek.
In lonely places they congregate around their idol.
Na samotnih krajih se zbirajo okoli svojega idola.
And they bellow and prance and slay in satanic ritual.
In rjovejo, poskakujejo in ubijajo v satanskih ritualih.
He must have been trapped by the sinking of his black abyss.
Verjetno ga je ujelo pogrezanje njegovega črnega brezna.
Or else the world would by now be screaming with fright and frenzy.
Sicer bi svet do zdaj kričal od strahu in blaznosti.

Who knows how the end will come about?
Kdo ve, kako bo prišel konec?
What has risen may sink, and what has sunk may rise.
Kar se je dvignilo, lahko potone, in kar se je potopilo, lahko vzide.
Loathsomeness waits and dreams in the deep.
Gnus čaka in sanja v globinah.
And decay spreads over the tottering cities of men.
In propad se širi po majavih mestih ljudi.
A time will come where that city rises out the sea again.
Prišel bo čas, ko se bo to mesto spet dvignilo iz morja.
But I must not think about when that day will come!
Ampak ne smem razmišljati o tem, kdaj bo ta dan prišel!
I have one prayer if this manuscript outlives me.
Imam eno molitev, če me ta rokopis preživi.
I pray my executors put caution before audacity.
Molim, da moji izvršitelji dajo prednost previdnosti pred predrznostjo.
I pray this manuscript meets no other eyes.
Molim, da ta rokopis ne sreča nikogar drugega.

***

Found among the papers of the late Francis Wayland Thurston, of Boston.
Najdeno med dokumenti pokojnega Francisa Waylanda Thurstona iz Bostona.

www.tranzlaty.com